陈晓春 著

黄海湿地文化丛书

醉凭栏

陈晓春诗词集

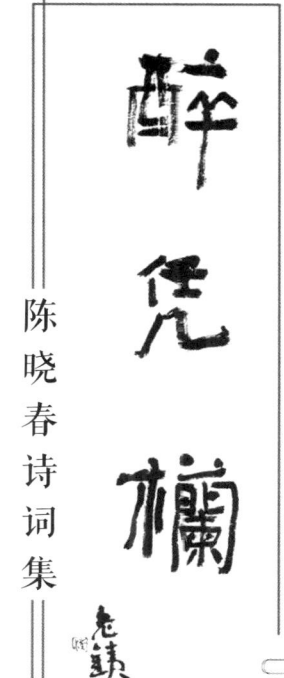

江苏人民出版社

图书在版编目(CIP)数据

醉凭栏 / 陈晓春著. -- 南京: 江苏人民出版社，2022.9

(黄海湿地文化丛书)

ISBN 978-7-214-27528-8

Ⅰ.①醉… Ⅱ.①陈… Ⅲ.①诗集—中国—当代 Ⅳ.①I227

中国版本图书馆CIP数据核字(2022)第171820号

书　　名	醉凭栏
著　　者	陈晓春
责任编辑	王　田
出版发行	江苏人民出版社
地　　址	南京市湖南路1号A楼，邮编：210009
照　　排	南京东汉文化传播有限公司
印　　刷	南京迅驰彩色印刷有限公司
开　　本	787 mm×960 mm　1/16
总 印 张	126.75
总 字 数	1925千字
版　　次	2022年9月第1版
印　　次	2022年9月第1次印刷
标准书号	ISBN 978-7-214-27528-8
总　　价	474.00元(共7册)

(江苏人民出版社图书凡印装错误可向承印厂调换)

序

记得有位伟人曾经说过这样一句话：中国的旧体诗词源远流长，一万年也打不倒。斯言，老夫笃信不疑。站在我们面前的这位盐民的后代，这位从黄海湿地蹒跚走出的农家孩子，这位也已年过半百的诗坛好友，我以为，也一样是笃信不疑。因为，从他用心血所著的这本《醉凭栏》书中，从其所载的数百首诗词佳作的字里行间，透出的那份痴迷，那份自信，那份追求，那份执着，就足以证明老夫所言不虚也。我们之所以有这样的信念，是因为我们都从这样一个基本事实中悟出了这样一个道理：旧体诗词是我们中华民族在世界文学之林中独一无二的艺术瑰宝，是最能反映我们中华民族和中国人民的特性和风尚的最值得珍爱的东西。只要我们这个民族还在，旧体诗词就永远不会打倒。

有人说，旧体诗词有三美：一是装饰性构图的对称美，二是回环往复的和谐美，三是高低长短快慢有规则变化的音乐节奏美。而这三美就是源自于旧体诗词的格律化的三大要素：对仗、押韵和字声有规律的变化，是建立在这三大要素基础之上的。我们之所以称旧体诗词为格律诗，理由就在此，就在于写诗填词时必须遵循这三大要素的标准化的规则。这也是旧体诗词作为传统的一个最基本的特征。陈晓春懂得这个传统，也完全继承了这个传统，在写诗填词时也一丝不苟地遵循了这个传统。因此，我们在读《醉凭栏》时，不得不被其对仗之准确工整，押韵之和谐明快，平仄声变化之中规中矩所折服。可以说，这里刊载的数百首诗词，几无出律者也。也正因为如此，我们一开卷，就被这诗词中格律化所固有的“三美”吸引住了眼球。有人认为，旧体诗词的这种标准化的规范性特征太束缚人的创作自由，表达不好内在的情感，我们总不能因律害意吧。确实，就格律与意境、韵味而言，格律是皮相，是外在的形式，但是如果丢开了这些传统的外在形式，旧体诗词所特有的意境、韵味又何以立命安身。这就好比是一个人，对他而言，毫无疑义，形体容貌只是一种外表，他的气质风度、品德学养才是本质，但如果我们只知认识他的气质风度、品德学养，而忘掉了他的形体容貌，那是难免不犯误将张三当李四的错误的。陈晓春写诗填词的创作实践首先就向我们证明了：严格遵守标准化的规则，不仅能够将旧体诗词固有的鲜明的本质的传统很好继承下来，而且能够创造更具审美价值的意境、韵味，能够更好表达用其他形式无法表达的自己内在的情感。

于是，我们从《醉凭栏》中可以更进一步感受到旧体诗词所具有的更为重要更为本质的功能和特征，那就是旧体诗词能够将我们内心那种最为精微的情感，那种只可意会无法言传的情感表达出来。古人曾评论说：《诗经》有六义，即风、雅、颂、赋、比、兴。如果说，风、雅、颂说的是传统诗表现的最基本内容的话，那么，赋、比、兴则是指传统诗，当然也包括旧体诗词最基本的表现方法、表现手段。尤其是其中的兴在诗词中占有极其重要的位置，具有极其重要的作用，失去它，诗词也就失去了美学价值，失去了感染力。从一定的意义上可以说，"兴"是中国诗词独有的表现方法。所谓兴者，先言他物以引起所咏之词也，即以其他事物为发端，引起所要歌咏的内容。我们说，诗词能够将潜伏在人们潜意识层面的可意会不可言传的精微情感表现出来，并不是说诗词能够将只可意会不可言传的情感直接用语言说出来，而是通过产生某种特定情感的特定场景的描述，将这种情感表达出来。所以，我曾将诗词的本质特征概括为两句话："借山川古迹，以浇胸中块垒；托雪月风花，以抒心底柔情。"读《醉凭栏》书中的诗词，不难看出陈晓春先生是深谙个中之三昧的。所谓“诗言志，歌咏情”，在我们看到的这些诗词作品中，有清晰描绘江南的月，塞北的雪，桂林的山水，龙脊的梯田，通榆河边的梅花湾，鹿王争霸黄海滩的；也有细致叙述的季子挂剑，伯牙破琴，品茗看花、评诗唱答，趁青梅煮酒，揽明月登楼，临风而歌的；还有反复吟唱春花秋月，夏云冬雪，庭前修竹，林下清风，阶上新苔绿，亭畔枫叶红的。可称得上是任日升日落，看云卷云舒了。然而，透过这些对自然风物或人间世事的描写叙述，看到的却是真切的深情，豪迈的壮志，幽远的思念，开阔的胸襟。用晓春先生自己的话来说，他写诗填词就是“以对生活的无限热爱之情，用生涩的笔墨记录生活、记录心情、记录友谊、记录人世间的一切美好”。一切景语皆情语，用这句话来品评陈晓春先生的诗词，可真是确如其份。

还是回到开头我们所说的吧。由于旧体诗词可以兴观群怨；可以哀而不伤，温柔敦厚。所以，尽管时代在变迁，社会在进步，旧体诗词也永远不会被人们遗弃。只要有人（也许这样的人群不是很大），不断地孜孜以求地用诗词唱出自己的心声，在平平仄仄平平仄中传承这民族的薪火，那旧体诗词永远会在人类的文学之林中放射出她的奇光异彩。陈晓春先生的这本《醉凭栏》就是明证。

肖诚

目
CONTENTS
录

高山流水 …………………………… 49

归田乐

看花回

满庭芳 …………………………………… 265

家山好

江南的月，塞北的雪，桂林的山水，龙脊的梯田，通榆河边梅花湾，“鹿王争霸”黄海滩，策杖行吟，道不尽，好家山……

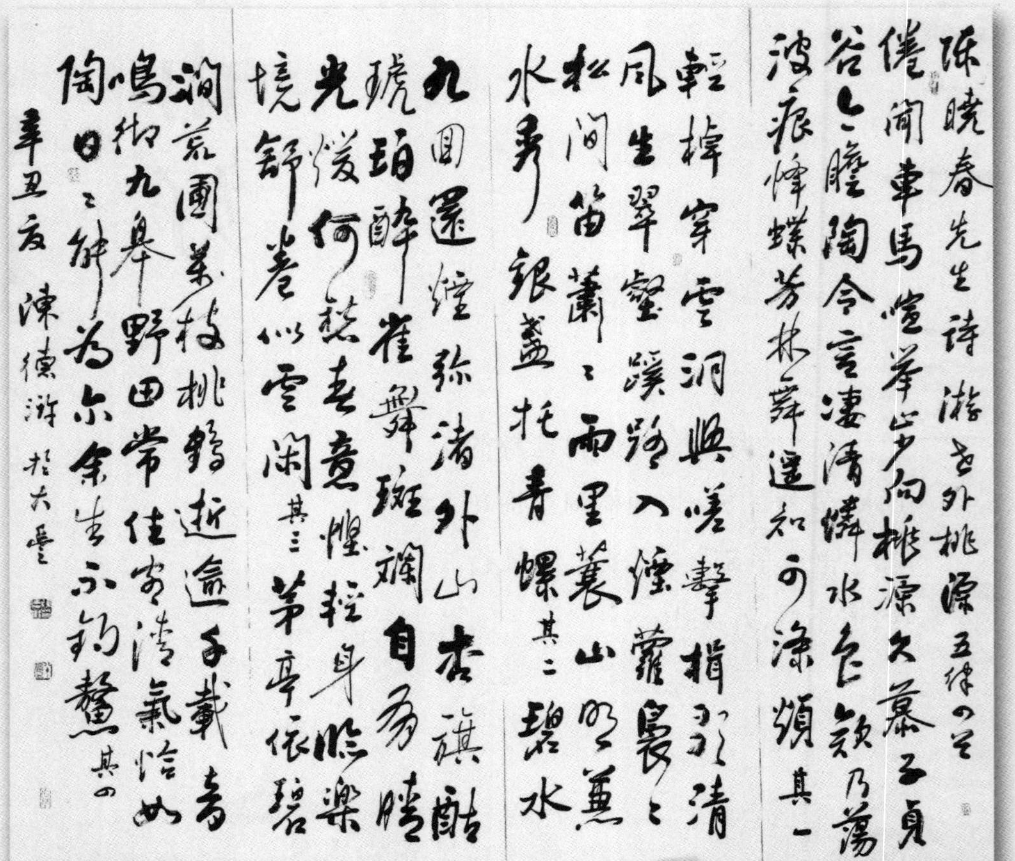

书法：陈德浒

游世外桃源

（一）

倦闻车马喧，举步向桃源。
久慕子真谷，今瞻陶令言。
凄清怜水色，欸乃荡波痕。
蜂蝶芳林舞，遥知可涤烦。

（二）

轻棹穿云洞，兴嗟击楫歌。
清风生翠壑，蹊路入烟萝。
袅袅松间笛，萧萧雨里蓑。
山明兼水秀，银盏托青螺。

（三）

碧水九回还，烟弥渚外山。
杏旗酤琥珀，醉雀舞斑斓。
自有晴光暖，何愁春意悭。
轻身临乐境，舒卷似云闲。

（四）

茅亭依碧涧，荒圃万枝桃。
鹤逝逾千载，音鸣彻九皋。
野田常住客，清气恰如陶。
日日能为尔，余生不钓鳌。

柳梢青·梅苑春色

其一

雨后新晴，长廊流暖，冬草回青。西苑重游，梅王梅后，共赞春情。略闲憩望梅亭，凝眸处、鸾飞鹤鸣。更有梅林，流红飞白，无尽繁英。

其二

春到梅乡，虬枝新蕊，笑傲残霜。莺燕双双，且歌且舞，音透宫墙。花红花白花黄，尤喜那、青龙过江，瘦影繁柯，缤纷流彩，蝶恋蜂狂。

注：梅苑内一株百年老梅名“青龙”。

天池湖赏醉蝶花(二首)

一

瑶池侧畔水云乡，波色澄明清气扬。
醉蝶流香秋露净，红楼倒影楚天长。
纤纤素手招黄蛱，皎皎玉容添粉妆。
锦绣风光无限好，诗潮如涌赋新凉。

二

活色生香醉蝶花，天池水澈溢流霞。
葵莲向日披金缕，远树含烟绕薄纱。
浥露繁英千种秀，撷芳玉手一支斜。
风光烂漫无边好，旖旎芬菲独此家。

泰国游(五首)

湄南河

乘舟逆水行,浪激发铜声。
岸柳迎风舞,珠宫入眼明。
凭栏瞻郑庙,洒食育群生。
座客多情趣,贪欢不歇兵。

注:郑庙,指郑王庙。是纪念泰国第41代君王、民族英雄郑昭的寺庙。该庙与华裔的民族英雄郑昭有关,他曾率军驱逐缅甸敌人,拯救河山,并创建了泰国吞武里王朝。洒食育群生:指为泰国民众在湄南河中放生的鱼群喂食。

象背抒怀

象舆肩客行,叱咤应鞭声。
诗骨凌风秀,雄心向日明。
欢游临异域,欣慨慰平生。
胸腹藏珠玉,相当百万兵。

博森休闲山庄

恍若画中行，如闻草语声。
芳茵凝冷翠，新雨送清明。
漠漠浮云起，悠悠客意生。
他乡殊故土，扪舌问心兵。

印度洋驾舟泛海

扬帆碧海行，盈耳浪涛声。
蜃气凝霞彩，波光映日明。
高樯鸥鸟憩，孤岛野烟生。
忽降随云雨，悠然洗客兵。

游归即兴

八日暹罗行，多闻俚曲声。
御园香草翠，佛塔宝珠明。
泛海惊长浪，传觞愧后生。
归旋飞逸兴，执笔舞戈兵。

梅花湾小记

东湖才问柳，西苑又寻梅。
雅韵三春盛，芳声百卉魁。
琼枝舒画笔，玉蕊做诗媒。
但恐花迟发，清风晓夜催。

梅花引·游梅苑

游梅苑，赏梅苑，千树怒放花暄暖。黄融融，粉融融，溢彩流光，晴空飞霞虹。

冰肌铁骨垂不朽，五百年梅王梅后。枝横斜，影横斜，黄蜂戏蕊，更有蝶恋花。

丁酉中秋赴上海侄儿婚礼

秋节赴申城，驱车拂晓行。
天开知物意，雨歇见人情。
旷野云光合，长空雁影横。
电来催更紧，迅疾客身轻。

丁酉中秋夜游外滩，有灯无月

重云漫笼沪江寒，雅步轻移到外滩。
今夕多情风旖旎，中秋少月夜阑珊。
浩茫黄浦疑银汉，贯斗霓虹赛玉盘。
诚谢主人留客意，弦歌款曲为君弹。

恩施游动车所见

鄂西林海觅仙踪，苒苒物华秋露浓。
怪石嶙峋奔白鹿，青山幽远卧苍龙。
急追楚水三千里，遥看夔门十二峰。
一曲清歌鸣绝壑，诗情直向入云松。

湖海寻踪“杨侍行”

寻踪湖海数游巡，杨侍庄园四季春。
生态果蔬滋骨肉，天然泉水养精神。
夏来百亩荷花艳，冬去千行柳色新。
无念主人酬客意，盛筵雅乐慰嘉宾。

游白马涧[①]怀古(五首)

其一

曲水漫云阶,春苔湿皂鞋。
杨枝垂碧涧,楝树满荒街。
空谷埋勋业,青山寄夙怀。
卧薪尝苦胆,仗剑问夫差。

其二

翠屏藏水脉,明镜漾云根[②]。
风濇龙池秀,鸾鸣鸟道喧。
乾隆舒御笔,越女隐清源。
切切吴王恨,悠悠伍相魂。

其三

白马生云翅,长嘶入九天。
霓虹腾剑锷,霹雳震弓弦。
争霸黄池会,称雄楚国田。
若能从伍相,王业竟残篇。

其四

烽烟弥楚越,角鼓若惊涛。
何以为乡国,萧然卧皂牢。
嘘嘘勤饮马,霍霍紧磨刀。
伍相东门望,雄兵拥白旄。

其五

风暖水云移，春来绿满枝。
繁花披御道，细柳漾龙池。
吊古心常醉，伤怀梦亦痴。
此身何处去，听竹已多时。

注：

① 白马涧，2500年前，春秋战国时乃吴王的养马之地、越王勾践卧薪尝胆之处，如今尚有饮马池、谢越岭等遗址。龙池风景区内人文景观众多，通往龙池的小道为古御道，道两侧有清乾隆当年的行宫遗址，明朝文学家赵宧光题刻的千尺雪、寿星石，明末清初大书画家徐枋的涧上草堂及洗心泉，还有云谷飞瀑、乾隆御碑、寻马亭等古迹。2002年，生物学家在龙池里发现了有5.5亿年历史的活化石——桃花水母，龙池的自然价值不言而喻。

白马涧位于支硎山麓，汇寒山、芙蓉、菡苕、石臼、萝卜等诸岭之水于一体，涓涓款款万年不竭。如今，它的一条支脉与龙池汇合，由南向北流淌，形成了200多米长的水流，水流被覆以花岗岩条石，构成"六百潺湲廊"，行走在上面，脚下"箜箜"作声；而雨水之际，回声中又夹着清亮，一脉流水叮叮咚咚不息地从脚下流过。

白马涧名称的来由有二：一是来自吴越春秋，清代学者顾震涛的《吴门表隐》载："白马涧，越王养马处，今尚有青石大马槽一具。"另一个来自东晋高僧支遁，清代学者潘贞邦《支硎山小志》载："……又有放鹤亭、马迹石及白马涧，皆以遁得名……"

② "明镜漾云根"，借乾隆御笔提字入诗。

兴化千垛油菜花

千垛菜花铺秀色，碧波九曲漾清光。
新莺婉转声尤软，彩蝶翩跹舞欲狂。
骚客寄情鱼鸟阵，佳人逐乐水云乡。
幽怀逸兴无穷尽，梦里长吟万亩黄。

蝶恋花·天池湖蝴蝶节

秋入天池寒玉树，水陌红楼，缈缈横仙雾。青柳翠霞桃叶渡，芳丛泥径迷幽步。

粉蝶明眸相盼顾，彩翼娥眉，引恨秋娘妒。花钿罗衫凝碧露，清华仕女芳心素。

水调歌头·天池湖度假村蝴蝶节

天池有美景，碧水起嫣然。廊桥回曲，莎岸疏秀柳芊绵。若问繁华绮丽，且看葵莲向日，醉蝶媚阳天。人间有仙境，何必梦桃源。

入花丛，逐树影，舞承欢。翩翩玉蝶，香蕊鲜萼斗妖妍。薄翼缤纷五彩，纤巧朱唇献媚，温婉醉红颜。倩女娱声色，芳草共婵娟。

花海抒怀

玲珑雅致郁金香，清品芳名赛御黄。
西域邀迎玄圃客，故园铺展彩云妆。
妙思谱就新荣曲，胜景吟成复兴章。
公仆臣心常耿耿，高怀明洁荐霞觞。

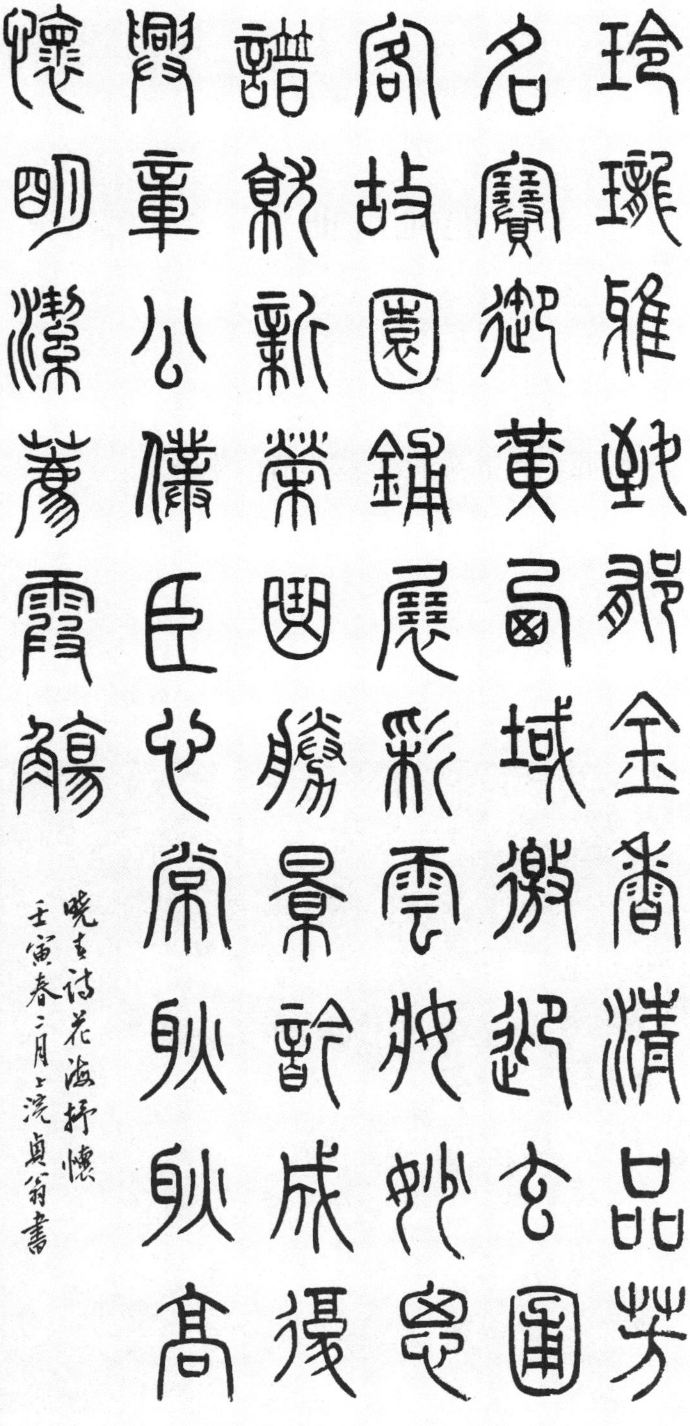

书法：吴弘熙

鹿苑晨曲

晨光穿隙入林丛，曙色流连锁郁葱。
麋鹿未知争霸意，呦呦欢舞演雌雄。

摄影：董溪

鹿王争霸

黄海潮平六月中，沙滩草泽起兵戎。
铁蹄坚重临丘壑，犄角狰狞向碧空。
争霸于今分胜负，图王此日决英雄。
传宗大事谈何易，繁衍还须百战功。

过天门山玻璃栈桥

孤峰千仞入重霄，泼胆雄心过栈桥。
喜看佳人留倩影，惊闻仙客奏琼箫。
烟云霭霭随身舞，岫壑幽幽举步摇。
俯瞰天途盘锦带，层峦巍耸竞妖娆。

访知青小街有吟

（一）

去城三十里，雅舍出尘寰。
鸟倦常为客，风轻自掩关。
修篁含蓊郁，细水起潺湲。
若问仙家籍，主人名一山。

（二）

小街三四里，精舍置西东。
春至墙衣碧，秋来地锦红。
高怀常皎洁，寸管自清丰。
逸兴随珍玩，云心逐去鸿。

（三）

后园青竹枝，影逐白云移。
幽径埋芝草，清波漾碧池。
临秋生玉露，采菊傍东篱。
恬淡朱尘寂，无声却有诗。

春日临通榆河上

河路谓通榆，蜿蜒入海衢。
开帆无险阻，解缆得欢娱。
百里疏堙厄，千年遂所需。
春原风又暖，凭水忆先驱。

通榆河上过高铁桥建筑工地

平堤柳万条，新水涨春潮。
夹岸砼台矗，横空铁臂摇。
海滨通远驿，天路架虹桥。
遥望山云际，诗情到九霄。

小街幽逕獨尋芳懶嚮雲居喚阮郎墻角青筠凝夜露籬邊紫菊染秋霜詩吟水色同煙色酒品玫香共醬香醉興清懷何所寄階前蘭草秀成行

曉春先生詩再訪知青小街一首 壬寅春忠来

书法：朱忠来

再访知青小街

小街幽径独寻芳，懒向云居唤阮郎。
墙角青筠凝夜露，篱边紫菊染秋霜。
诗吟水色同烟色，酒品玫香共酱香。
醉兴清怀何所寄，阶前兰草秀成行。

通榆河春色

通榆方水暖,春色满帆樯。
荻笋随风醒,鸥凫并羽翔。
凌波云远碧,向日柳新黄。
甘露滋村野,人间有乐乡。

醉凭栏 家山好

书法：束珩

观国际花艺时装秀

燕飞草长翠霞飘，花海繁红一望遥。
玉树生辉分晓色，佳人竞艳弄春潮。
融融粉蕊妆香骨，颤颤青枝护细腰。
更有新词呈雅奏，清音激越彻重霄。

参观中国知青纪念馆

九重玉阙掷金声，百万云鸿赴远征。
天地悠悠身磊落，江山历历岁峥嵘。
蹉跎日月多慷慨，壮烈青春唯赤诚。
故影遗音明旧事，片言只字总关情。

陪双亲钻钱眼拍照为念

白发映晨晖，　童心藏古稀。
争持多得趣，　斗美早忘机。
行路陪欢语,归田操《采薇》。
何能为赤子，　试学老莱衣。

深山孤涧

危崖悬古木,深涧长寒莎。
漠漠云移影,潺潺水纵歌。
终年行独旅,冷眼证双梭。
三万六千日,问君今几何?

注：双梭：喻迅疾来往的日月。

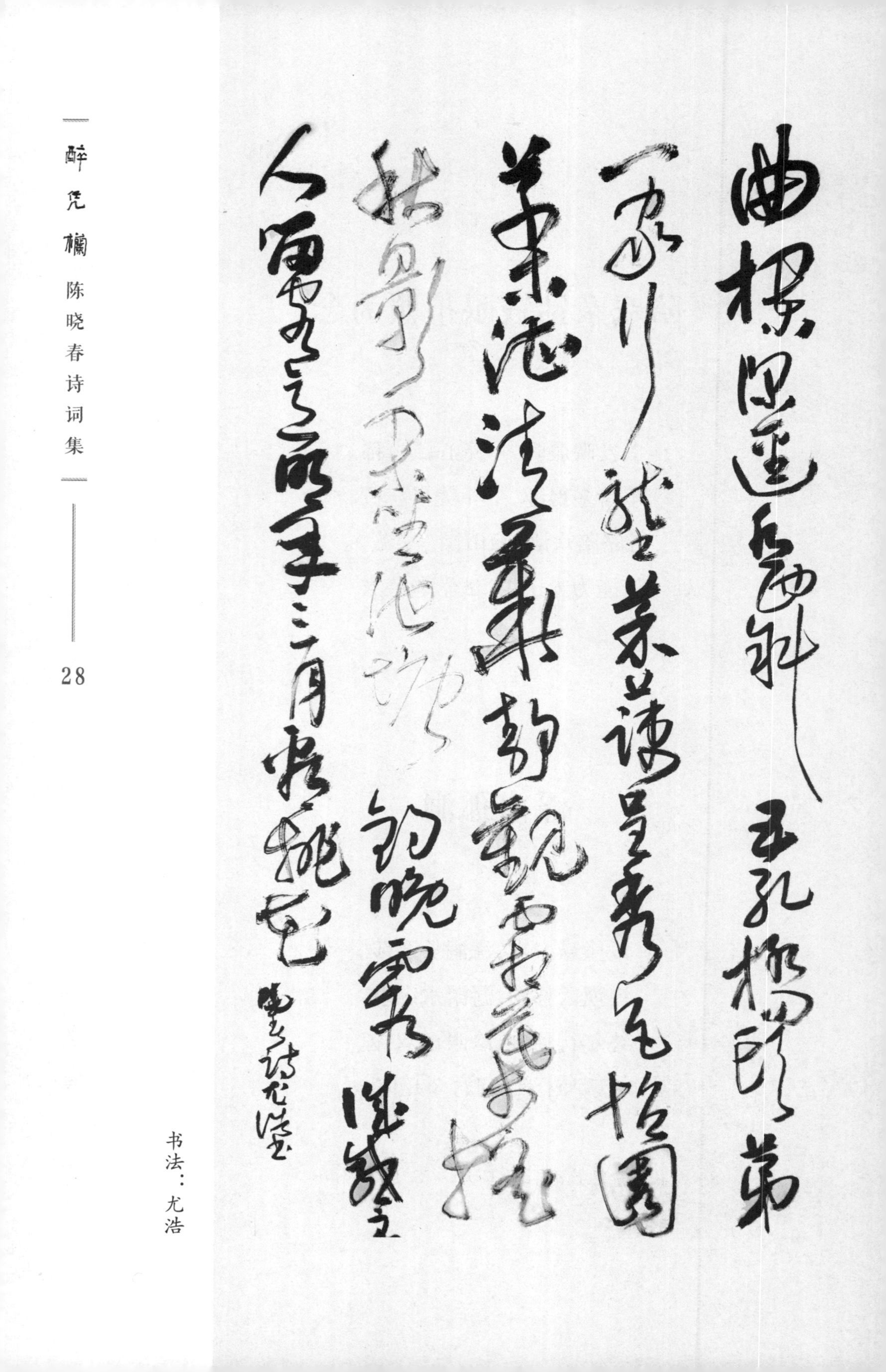

书法：尤浩

怡园秋日即景

曲栏深径水西斜，五孔桥头第一家。
行垄菜蔬呈秀色，怡园草木湛清华。
静观霜叶摇秋影，闲坐池塘钓晚霞。
诚感主人留客意，明年三月看桃花。

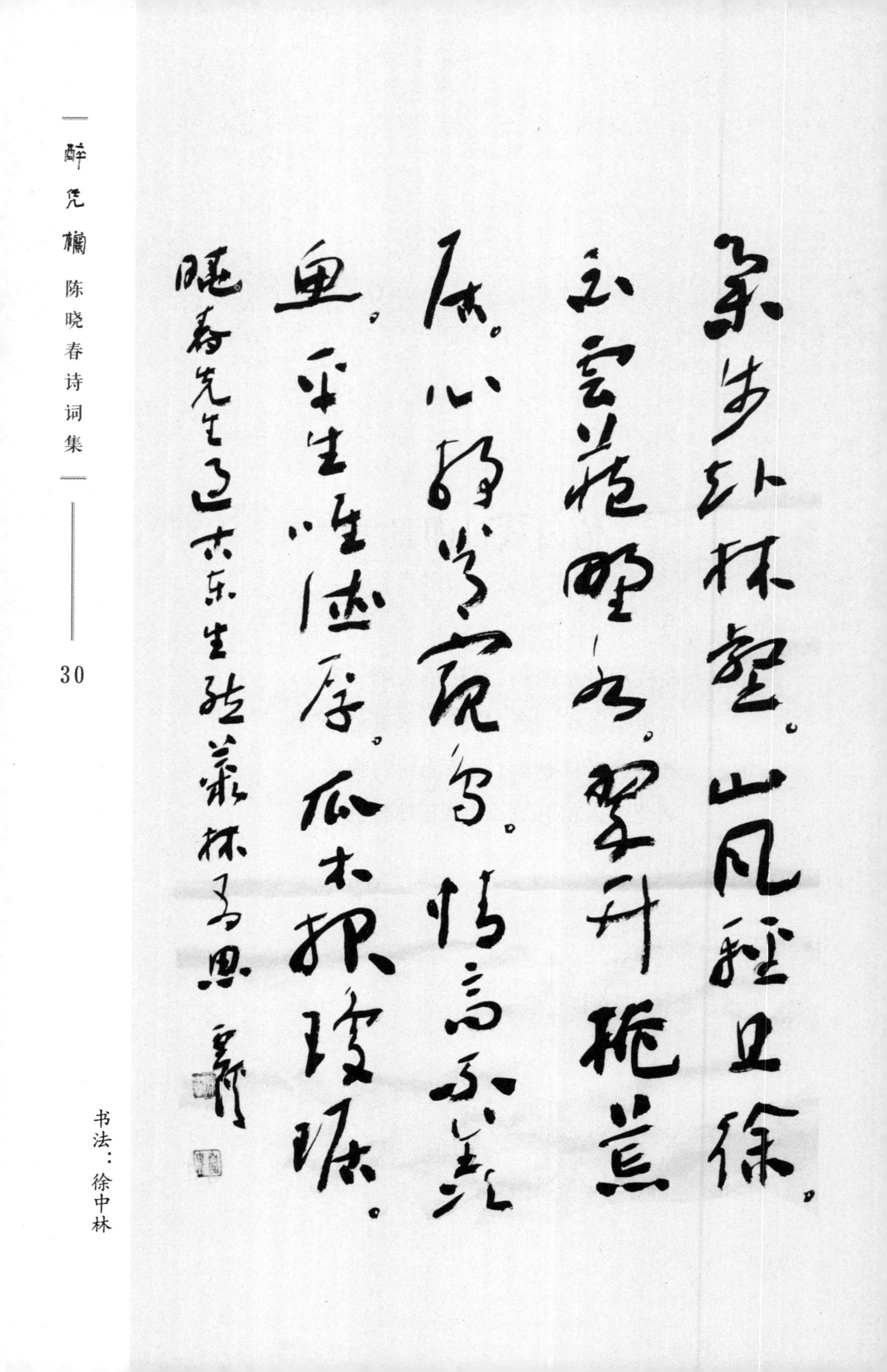

书法：徐中林

过古东生态丛林有思

举步赴林壑，山风轻且徐。
白云藏野水，翠竹掩荒居。
心静常窥鸟，情高不羡鱼。
平生唯德厚，瓜木报琼琚。

山间人家

水色莹如镜，诸峰耸郁峨。
波摇崖上树，云净壁间萝。
天阔岚光润，地灵清气和。
日斜炊渐起，风动送樵歌。

美术：彭蔚海

鹧鸪天·菜花黄时踏春来

阡塍剪水溢晴光，烟萝云树炫新妆。
秾华向日披霞被，丽影随风舞绣裳。
花灿烂，兴飞扬，双娥野色竞春芳。
清魂杳渺迷佳境，梦语呢喃说采香。

观古东瀑布

奔流三百尺，浩荡入平湖。
激越生飞雪，驱驰泻玉珠。
苍崖悬古木，碧水涤繁芜。
何幸餐灵秀，飘然一匹夫。

棕榈树下留影

南国有棕榈，昂然入太虚。
日斜琼树直，客至暖风徐。
款款留娇影，翩翩舞翠裾。
总疑成像术，竞问色何如？

参观北部湾广场

青坪芳草细，乔木绿荫浓。
对此嬉南海，悠然听晚钟。
珠娥姿艳绝，渔叟意从容。
螺角排云起，千舟欲竞锋。

游龙脊梯田

(一)

西南寻胜境,大美有梯田。
垄上烟云动,禾梢日月悬。
壅培开石路,溉灌引清泉。
执耒耕霞彩,无愁便是仙。

(二)

人出云之上,山光媚眼前。
千层如栉比,十里复蜿蜒。
青碧霜天共,翠微峰壑连。
禾间尝试问,秦汉不知年。

（三）

松间云忽起，叠嶂覆岚烟。
禾露沾衣湿，苗床抱岭圆。
风寒谁看顾，雨润自相怜。
瑟瑟秋山景，纷纷在眼前。

（四）

苍黄复郁葱，卧虎又飞龙。
层叠百千级，连绵十二峰。
碧波开浩渺，翠浪舞从容。
人去青山在，梦回云荡胸。

观海

海天观翠色，鸥鸟报新晴。
云逐何缥缈，涛奔自肆横。
客情随浪去，诗兴伴潮生。
词寄流霞饮，临风试一鸣。

赶海

轻装入海湾，碧水照欢颜。
奋力须乘兴，挺身何吝悭。
贝盈黄竹篓，汗湿绿云鬟。
更喜萱堂健，童心似老顽。

游鳄鱼头

其一

琼岛鳄鱼头，腾身搏激流。
登高银海阔，照水翠岩幽。
渔钓钩苍霭，闲云戏白鸥。
汤翁金石韵，伴我洞天游。

其二

巉岩拱郁葱，幽壑窍玲珑。
俯瞰浪飞雪，遥瞻帆竞雄。
心痴崖上绿，身爽石间风。
野色连云树，秋声续断鸿。

游北海银滩

银滩十里沙,雪浪涌梨花。
何惧罗衫湿,唯忧倩影差。
芳心犹灿灿,白日忽斜斜。
游兴飞遐迩,清歌满海涯。

永宁寺

（一）

古刹残碑风露浓，永宁教义证禅宗。
抗金鼙鼓动云隐，救国旌旃拥雪松。
物望遥追秦汉事，道行无愧帝王封。
梵音法曲同清绝，便引佛光千万重。

（二）

千年古刹纪升平，暮鼓晨钟凌太清。
妙相庄严星斗暗，素心澄洁宝灯明。
常抄贝叶缘先觉，一悟法华身自轻。
看破红尘皆净土，菩提树下说修行。

皖南小景

（一）

晨霜凝碧瓦，晓日透宫墙。
竹院多幽寂，槐街入渺茫。
欲寻诗酒客，相约水云庄。
尽染烟霞气，何忧两鬓苍。

（二）

溪山千棵竹，一竹一人家。
浅翠凝朝露，轻烟向晚霞。
客情应恰好，游兴任穷奢。
野景重重叠，归来月影斜。

（三）

曲巷千寻远，楼台一半斜。
故园宜自惜，老景实堪嗟。
幽境空丝竹，尘心洗凤琶。
前时尝可忆，独坐听寒鸦。

摄影：严正东

（四）

亭台明水接，村舍入山围。
檐下纱笼罩，灯头寒蝶飞。
夜阑云漠漠，秋晚雾霏霏。
遥听呵黄耳，骚人带月归。

（五）

碧野无霜迹，皖南冬语迟。
素馨香满径，红翠啭高枝。
穷达须随意，枯荣固有时。
何如寻句读，携酒入新诗。

瞻高鹤年故居

佛心禅境隐乡隅，缁服芒鞋三尺躯。
空谷看云多太息，红尘独步转嗟吁。
行知万里言犹在，度厄千重誓不渝。
端午临风怀圣哲，美人香草与君俱。

访甲秀楼不得入

南明波影逐云流，汉瓦秦砖几度秋。
浮玉桥头翠微阁，飞花浦口紫鸾舟。
可怜远客独登览，未见良臣共唱酬。
胜迹清游应不悔，水天一色碧悠悠。

辛丑春日游颐和园

百里波光照暖晴，都门秀色入空明。
莺翻柳浪春烟袅，燕舞风廊紫羽轻。
几度兴亡皆蚁梦，千年霸业一棋枰。
湖山绝胜今何若，云树森森懒送迎。

梅花湾(兼和国平先生)

千亩水湾栽一花,繁英冷艳蔽人家。
万枝新蕊报春事,百载老桩雕岁华。
才引游情迷石径,便催骚客摘诗芽。
烟姿玉骨娱声色,缱绻流连不觉奢。

千畝水灣栽一花繁黃冷
豔藏人家萬枝新蕊報春
事百載老椿雕歲華千引
游情迷石徑便催騷客摘
詩芽煙欲玉骨娛聲色繾
綣流連不覺奢

壬寅春月敬錄陳基梅花灣詩一首 古樵

书法：王征赴

九龙口抒怀

水天同一色，烟树共青苍。
春暖千重绿，秋高万里黄。
波清鱼鸟聚，露冷草花香。
帆影追来去，渔歌唱短长。
闲身思楚客，晚景乐淮乡。
放眼看云倦，临风对酒狂。
夜窗空籁寂，孤烛素琴张。
今古凭谁说，死生俱可忘。
家山堪极目，新句漫成行。

高山流水

季子挂剑，伯牙破琴，皆因知音难求也。人生能得一知己，品茗看花、评诗唱答，趁青梅煮酒，揽明月登楼，临风而歌，不亦快哉！

书法：尤浩

老铁荷意（兼谢赠画盛情）

（一）

泼墨写寒烟，轻荷池上眠。
孤标堪独步，繁艳愧相先。
影瘦人多羡，躯残吾绝怜。
香泥埋玉骨，清气满云天。

（二）

淡墨演清浑，临风兀自尊。
浮华霜雪落，玉节古今存。
冷色漫无极，苍芜掘有根。
芳魂来入梦，寒蕊浸香痕。

（三）

老宣新墨痕，野水漱灵根。
古淡直千点，青葱无一存。
叶残仪自盛，骨瘦节弥尊。
冷眼看清浊，不饶道味浑。

（四）

出泥尘不染，入画色无瑕。
水野身先瘦，天寒烟半遮。
香魂何缥缈，玉节自横斜。
实喜君高洁，清泠满我家。

美术：老铁

盐城市第二届诗词代表大会感赋

盐阜诗坛盛会隆，文锋饯腊浥霜红。
老梅卧雪含冰蕊，新竹凌云斗郁葱。
雄笔漫成苏子语，壮词可笑晋贤风。
书生意气如松柏，磊落歌行百世功。

参加第五届中国花海论坛有感

风和日暖柳新黄，晓燕双双舞欲狂。
花海喧腾开盛典，水天浩渺溢晴光。
惭无好句适文宴，幸有虚怀聆雅章。
芳径徘徊红满路，诗心清远雁声长。

重阳诗会

寒英斗艳绕宫墙，丹桂枝头吐暗香。
雁落平沙音缥缈，歌飞旷野意绵长。
五洲喜庆丰收景，四海同吟锦绣章。
诗会重阳结硕果，雄文翰墨永留芳。

赞“水墨杨侍”书画名家交流会

秋风送爽菊飘香，艺界名贤集一堂。
斗拱重檐浮画意，流泉飞瀑浣诗肠。
绢头红叶生寒色，笔底青山沐曙光。
莫道今人无古韵，云笺三尺到虞唐。

度老铁画意(用郑谷韵)

修竿兀立引清风,孤直相知梅与松。
带雨苍茫横野水,临虚傲拙在霄峰。
高情但喜江天阔,劲节还欣霜露浓。
飞雪乱云终过眼,贞幽淡雅自从容。

赠老铁画家

太行高卧九重霄,古柏森森撼碧寥。
林壑烟岚常入梦,松篁泉石漫相邀。
临虚铁汉容光赫,弄笔寒崖日影摇。
扳倒云台横晚照,飞霞积翠一肩挑。

美术：老铁

参加诗画社七届社员代表大会有感

燕语莺飞丽日长，群贤毕集牡丹堂。
诗书斜映三春色，画影轻流五彩光。
吟诵千年风雅句，纵谈六籍锦云章。
雄文翰墨描今古，简册生辉又数行。

己亥立冬日赴汉风兰亭会有感

五言聊自嘲，妙手竞传抄。
玉盏尊先达，欢颜对旧交。
墨香盈斗室，酒气满堂坳。
酌句赠新友，清泠彻夜敲。

汉风兰亭会天一阁雅聚

汇豪相惜别,天一复哦吟。
翰墨香犹酽,觥觞意可歆。
笺花悬百尺,灏气入千寻。
满座愚夫子,拳拳方寸心。

己亥冬月赴区摄协年会酬主人雅意

岁晚冬晴星月凉,时英溪友聚明堂。
长焦短距凝芳气,素影清容辉镜光。
身寄烟霞常磊落,心随山水共苍茫。
情真句拙难为语,一盏醇醪和露香。

沁园春·贺新春笔会

丰城冬晴，花都烟暖，野涨春潮。正月华初放，星河耿耿，清辉飞洒，云路迢迢。旧菊含情，新梅可意，馥郁芬芳帘外飘。行兴会，有彩毫朱露，玉盏香醪。

千年汉魏风骚，趁新岁，纷纷到此宵。看飞花泼墨，流霞织锦，长歌短句，诗颂丰饶。学问千家，文章千古，满腹经纶意气骄。风流处，更心怀高远，不负青韶。

贺亭湖诗词楹联协会成立

亭湖热土起洪荒，旷世文华韵味长。
串水扬波开玉轴，登瀛落日赋琼章。
苍茫古曲家山远，清绝新词翰墨香。
雅趣幽怀酬兴会，漫成锦字百千行。

欣闻区作协完善组织架构

风吹杨柳万千条，空翠丰城浸碧霄。

文苑繁英添瑞彩，词林新曲颂妖娆。

不经十载冰霜烈，哪得平生意气骄。

兰茂芝香相竞秀，泛舟学海共听潮。

贺潮河湾文学研究会成立

潮河曲水渡流觞，雅咏清吟千百行。

固有冰心题藻句，岂无彩笔著华章。

淮乡新兴烟霞会，诗思萦缠锦绣肠。

把酒临风相颂祝，梅迎腊雪万枝香。

庚子十月初七夜雨，与国平兄及诸友景悦楼小聚

半开醉眼夜庭宽，霏雨临窗灯不寒。
诗短堪酬方外友，字斜可记席前欢。
人言风物千般好，我自烟云一笑看。
碎语拾零三两句，低吟浅唱任君弹。

本场人茶馆雅聚

翠影扶疏石路斜，琼林深处本场家。
梨园蔬圃堪携酒，柳色莲香共煮茶。
四座良朋无俗客，满庭笑语胜春葩。
韶光冉冉宜相惜，漫展风情向物华。

庚子处暑日祥源茶庄雅聚有吟

处暑夜偏长，晚风携嫩凉。
芳情临酒舍，秋兴满茶庄。
诗赞新科子，名归著作郎。
少年湖海志，吾辈水云乡。
清梦随松骨，繁华入枕囊。
浮沉一谈笑，宠辱两相忘。
知己二三友，雄文千百章。
时邀池上饮，每许瓮头香。
倚醉鞭流俗，高声诘楚狂。
人生唯得意，岁事可传觞。
灯火同摇落，星辰共郁苍。
何须愁失路，初月正昏黄。

满庭芳·重阳前夜食香阁雅聚

西岭枫红，东园菊秀，纷繁争媚重阳。回廊风暖，送一室秋光。更有前村稻熟，晴空下，满目飞黄。云天际，翩翩旅雁，人字照斜阳。

今登高赴节，鸾笙度曲，桂酒飘香。哪顾得，鬓眉早染清霜。好景良辰珍重，闲愁付，锦瑟瑶觞。酬佳友，芳情万点，点点入诗行。

飞雪满群山·庚子立冬，犹似小阳春，赴景悦楼之约

南陌朱萸，东篱黄菊，乍添枫色霜痕。柳摇旧叶，桐开新蕊，卷舒几朵闲云。故林迎晓日，慢移步，韶晖满身。露浓烟暖，风清和煦，犹似小阳春。

临雅约，今楼登景悦，看小窗灯火，共度良辰。琴弹流水，余音三日，恰才半醉时分。酒酣情浓处，歌兼舞，霓裳数巡。飞杯度曲，山高水远同绝伦。

书法：尤浩

诗词群见“响水诗会雅集”有和三首

一

把酒言欢最忘形，传杯飞盏响丁丁。
新诗送腊霜侵叶，古调迎冬露满庭。
吟兴纵横裁锦绣，醉眸俯仰映丹青。
梅情雪意无穷尽，乘月推窗数鹤翎。

二

灌河源远人才数，博学敦明通二酉。
饮会纵谈意甚殷，文期高咏情何厚。
香醪美馔奉新知，朗月清霜酬旧友。
酒碧灯青逸兴飞，长歌短句三千斗。

三

菅草苍茫灌水寒，诗心佐酒却成欢。
曹公八景传歌颂，诸子文章寄阜安。
高唱低吟情自暖，深斟浅酌漏将残。
席前分韵期相约，雅句骚词足大观。

赠国平兄

丁酉仲秋日，与国平兄临屏会话有感，草得一律相赠。

相别仁兄又一年，临屏吟赏感新篇。
玉毫恣意行声律，麝墨无心得妙联。
芳草每随甘醴侧，珠玑常向惠风前。
泛舟诗海为朋执，乐与先生共箸鞭。

戊戌元日感怀兼和梦痕兄

爆竹声繁懒读书，春光旖旎满穷庐。
兰熏户牖西斋静，梅信庭闱日影疏。
四季闲花妆老苑，六朝典籍润新畲。
陶公苏子诚堪羡，一曲清吟亦足嘘。

美术：苏玥如

借得杨根平吟兄“痕”字入韵

岁月如刀凿日痕，霜华鬓角暗生根。
微身自比闲吟客，一点诗心绕梦魂。

赏宗道老师金陵灯会美照，步青莲《登金陵凤凰台》韵，兼和宗道老师

金陵灯会作清游，草绿花红暖自流。
度曲苍头寻石径，传书黄耳逐陶丘。
襟怀洒落青山外，笑语翻飞白鹭洲。
浮世追欢连竞日，今人不作古人愁。

潘园遇吟兄杨根平有赠

归心切切辞南国，旅燕依依返故乡。
烟雨风尘随客路，豪情逸兴满诗囊。
潘园露重青衫湿，春圃花繁素手香。
传盏飞觞欢若许，清歌伴酒敬骄杨。

摄影：猫先生

为吴旭银老师美图题照
兼赠三芽女史

红衫粉袖访梨园，晓色生烟向日暄。
碎步徘徊香雾笼，明眸顾盼素花繁。
小几净洁冰兼玉，新茗芬芳蕙与荪。
诗笔轻挥描胜境，天光云影寄清言。

和金家乾老师即兴

人到老时方悟真，万般心事作纤尘。
何须白发悲丝染，宜向桃蹊醉度春。

注：悲丝染：《墨子·所染》：“子墨子言见染丝者而叹，曰：‘染於苍则苍，染於黄则黄……故染不可不慎也！’”后以“悲染丝”为易受习俗影响以及由此而发感叹的典故。亦作“悲素丝”“悲丝染”。

感志文兄盛邀草作酬主人意

风清雨霁露含香，东圃新芽缀嫩凉。
竹韵兰薰同窈缈，玉泉檐马共琳琅。
闲吟有伴梅孤瘦，小筑相宜木老苍。
深羡主人多器识，烟枝藓石具文章。

题《蔷薇美人图》兼赠袁红女史

满墙红艳许谁知，粉蕊青衫萃一时。
绰约娉婷开并蒂，从容典雅坠繁枝。
纤绵暖翠披襟过，浩渺春烟逐步随。
叠雪香罗侵晓露，风姿清绝恰如伊。

摄影：练秀文

庚子季夏再访怡园有吟兼谢主人盛意

去年相约看桃花，六月椒红向日斜。
滴翠藤萝孤客路，飘香荷芰故人家。
静观烟水连芳草，闲坐池亭拥落霞。
庄叟陶翁君不羡，清光素彩满云车。

卜算子·赠国平兄

自诩是宅翁，学海文章客。针俗砭庸如椽笔，不负经时策。

闲心赋《归田》，身隐铜驼陌。阅尽红尘半世霜，醒眼分青白。

读国平兄《2014，我的闲言碎语》

闲言碎语孕珠玑，入骨三分和者稀。
风物万千虽有道，还需慧眼识芳菲。

欣闻国平兄国庆回乡

诗心久客断云沙，半在姑苏半在家。
因见吴中江色滟，遥知故里竹枝斜。
不烦新律酬乡友，唯恐潘园负菊花。
仆仆风尘三百里，秋光一路逐轻车。

和国平兄

阅世寻真为探疑，卓然品性不相欺，
清谈妙语如针砭，一任愚夫笑与嗤。

赠一山兄

幽境闲身比叶轻，独听琴鸟两和鸣。
梅魂桂魄盈池馆，山果园蔬压酒铛。
荣辱抛开何足累，炎凉参透不须惊。
红尘俗世多纷扰，难得君心一片晴。

摄影：练秀文

题《蔷薇美人图》兼赠江兴林女史

丰城日暖晓风微，雨后篱边青草肥。
淡淡罗衣承碧露，纤纤素手弄清辉。
芊绵秀色缠千树，浓艳幽香合四围。
春去谁言无曼软，红颜翠黛共芳菲。

赠练秀文女史

飘飒洒脱得天真，如雪芳姿不染尘。
山色水光寻野趣，梅香荷韵伴闲身。
清歌婉转招莺妒，妙舞轻盈惹蝶嗔。
偷下瑶池君或是，回眸一笑暖三春。

己亥季春题赠怡园主人

紫燕堂前又弄春，怡园风景一时新。
豆花吐蕊招黄蝶，柳带垂青戏锦鳞。
乡友贤豪琴做伴，主翁清雅竹为邻。
孤云野鹤人间住，耕钓陶情绿水滨。

见群内美照题赠海燕女史

和风晓露涤纤尘，香径花林秀可人。
柳色莎痕浸寒碧，冰姿玉骨湛清晨。
明眸满载东坡月，绣腹尽收夫子仁。
素手携来新霁绿，好同晴翠共成春。

摄影：练秀文

高山流水

书法：尤浩

瞻瞳琐先生雅居兼谢主人盛意

一

村桥迎客车，野翠任横斜。
蛩语香蒲叶，蜂迷扁豆花。
西塘盈碧水，平垄溢青霞。
五柳傍云栋，芬芳第一家。

二

游离芳草径，轻启白云扉。
兰室融霞彩，瑶阶照玉晖。
常将风雅颂，不与素心违。
带醉书鸾诰，明庭赋咏归。

三

雅室有珍藏，浓香和酱香。
锦标颜老旧，醇酿岁绵长。
照影琉璃色，横流琥珀光。
芳醪斟玉盏，点点促诗章。

四

芳意难为赋，勉旃鸾凤吟。
新词酬雅契，短句谢知音。
幽韵醉时得，清光行处寻。
丝桐方一奏，灏气满青襟。

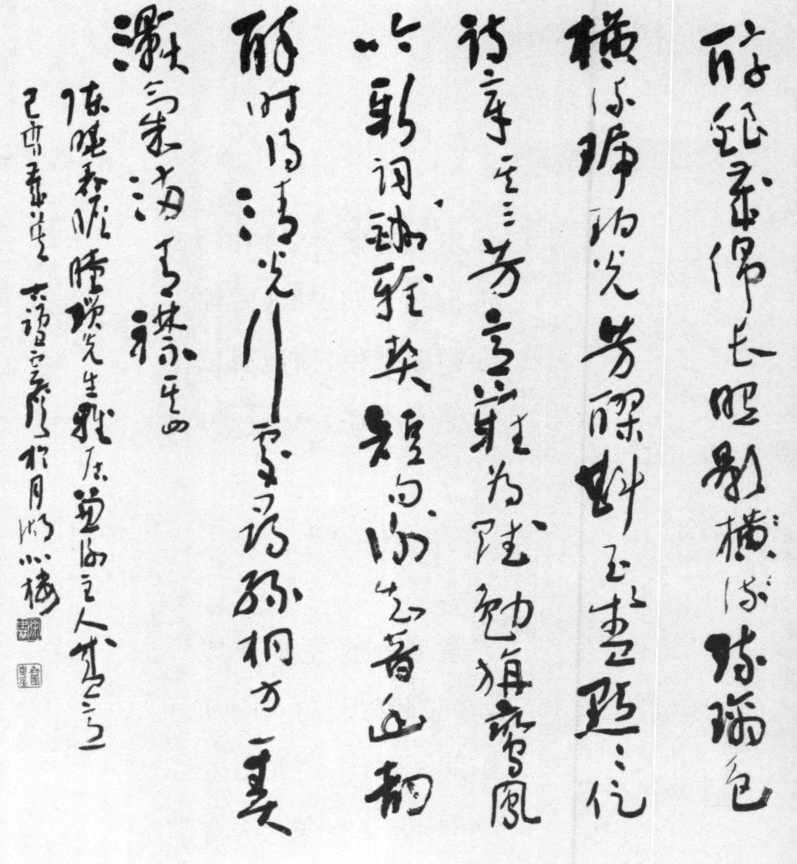

书法：徐中林

庚子送春(和诗一组)

俗务锁闲身,行厨度夕晨。
宅家防病毒,炼体养精神。
寂寞连三月,蹉跎又一春。
清怀何以慰,童趣奉天伦。

和国平、树林、亚平诸兄:

时物岂关身,清吟夜达晨。
酒香驱疫毒,露冷涤心神。
幽思各几许,芳情同一春。
且将流水意,唱和共其伦。

和正宏、根平二诗友:

五十四年身,诗心向晓晨。
清风常笑我,衰色也撩春。
质句岂无法,寄怀须有真。
百花能解语,赠字谢侪伦。

美术：苏玥如

再和春亚：

君负国家身，辛劳度夕晨。
精心育桃李，乐志返清真。
不尽风和雨，兼忘夏与春。
坐期青眼客，相约理丝纶。

再和杭老义才先生：

老健是君身，诗书共夕晨。
眼花能格律，鬓雪更精神。
淡泊浮生利，从容盛世春。
初心耕垄亩，竟岁乐天伦。

再和春屏：

林下散仙人，云居满玉尘。
闲忙归隐事，进退自由身。
铁骨堪凌雪，秋花更胜春。
知君常寂寂，繁艳慰沉沦。

再和敬赠黄老慧中先生：

省读以修身，勤行宵达晨。
但知谋韵律，何惧耗心神。
客至难辞醉，兴来便弄春。
临风歌一曲，清雅更无伦。

步韵和封明珍老师《菊花》

偏宜桂酒佐霜柑，菊盏更斟清露涵。
一点尘心空似洗，流年细数再同参。

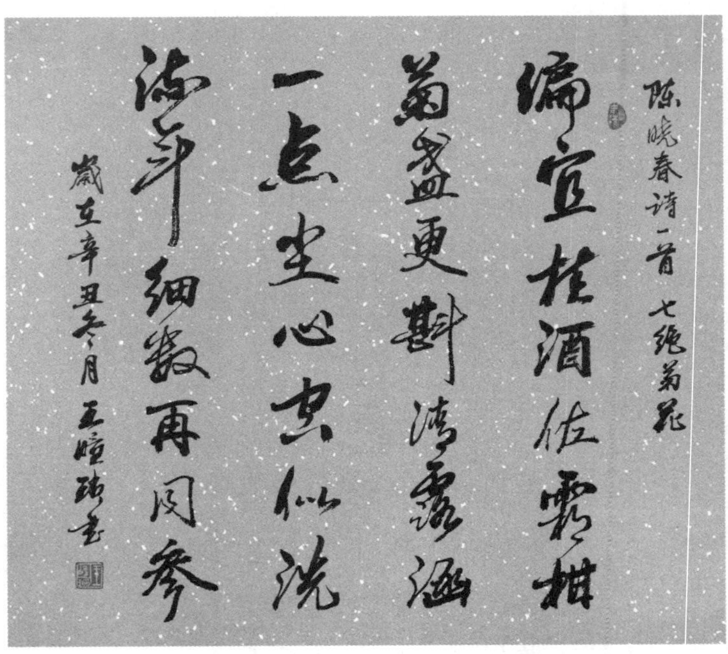

书法：王曈琐

见周英一山对饮有吟

小街双饮列圆方，雅思清言逸兴长。
红叶碧梧齐弄色，桂醪菊盏共生香。
秋光满引邀君醉，杯影旋飞任我狂。
洒落诗情千万点，勾连指画总成行。

海燕游园图

疏影晴光幻亦真，梅林深处现佳人。
新莺啼过香盈袖，小径归来红满身。
粉蕊无声滋艳质，素心有意播芳尘。
琼姿安步云亭外，独占潘园十里春。

摄影：练秀文

赠周英画师

夏日着冬裘，常怀愤世忧。
萧然持雅志，飘忽向扁舟。
玉骨同梅润，冰心入画柔。
人间多怪杰，周子独风流。

美术：周英

觉意轩六周年寄丁氏建坤书家

洒墨龙蛇舞，飞毫云汉章。
清襟能痛饮，醉笔更癫狂。
觉意明三昧，滋情乐寸光。
风流谁氏子？衮衮说丁郎。

赠江兴林女史

三尺教鞭向日斜，兰台学馆乐为家。
绕梁清韵涓涓雨，育德新声片片霞。
逐朵灵葩滋碧露，成行桃李吐珠芽。
素心香骨怀幽抱，馥郁芬芳栀子花。

注："栀子花"是江兴林老师网名。

周英画画

画室隐高楼，四时藏物幽。
丹青妍又暖，水墨媚还柔。
笔落千重雾，功成一片秋。
素襟如淡菊，痴黠演风流。

美术：周英

赠蔚海画家

粉黛青红春复秋，诗心道眼两悠悠。
援毫渲染老聃意，洗墨笑谈庄梦游。
叠翠峰峦云外树，流丹殿宇月边楼。
九天瑶海裁为砚，万里江山一笔收。

书法：尤　浩　美术：彭蔚海

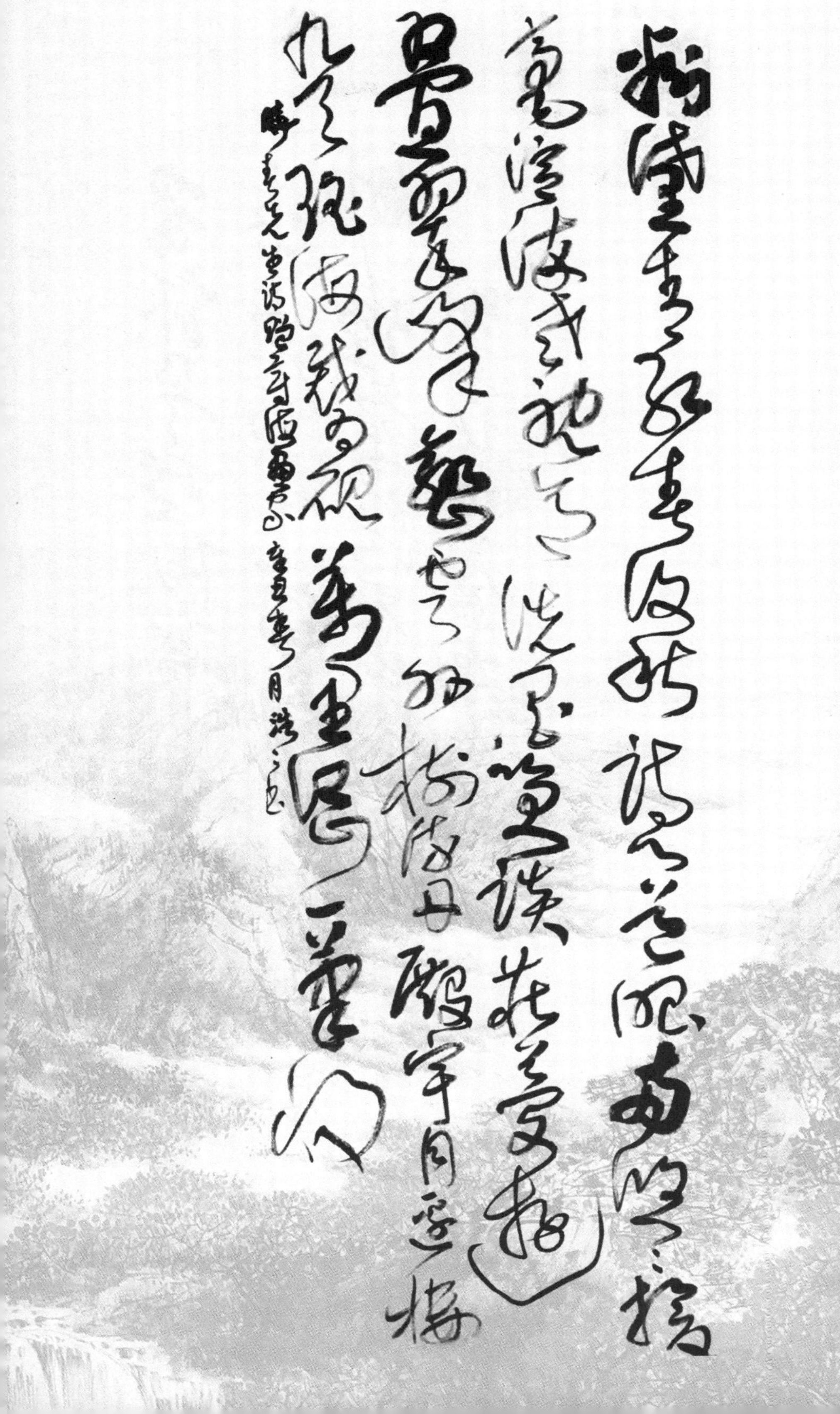

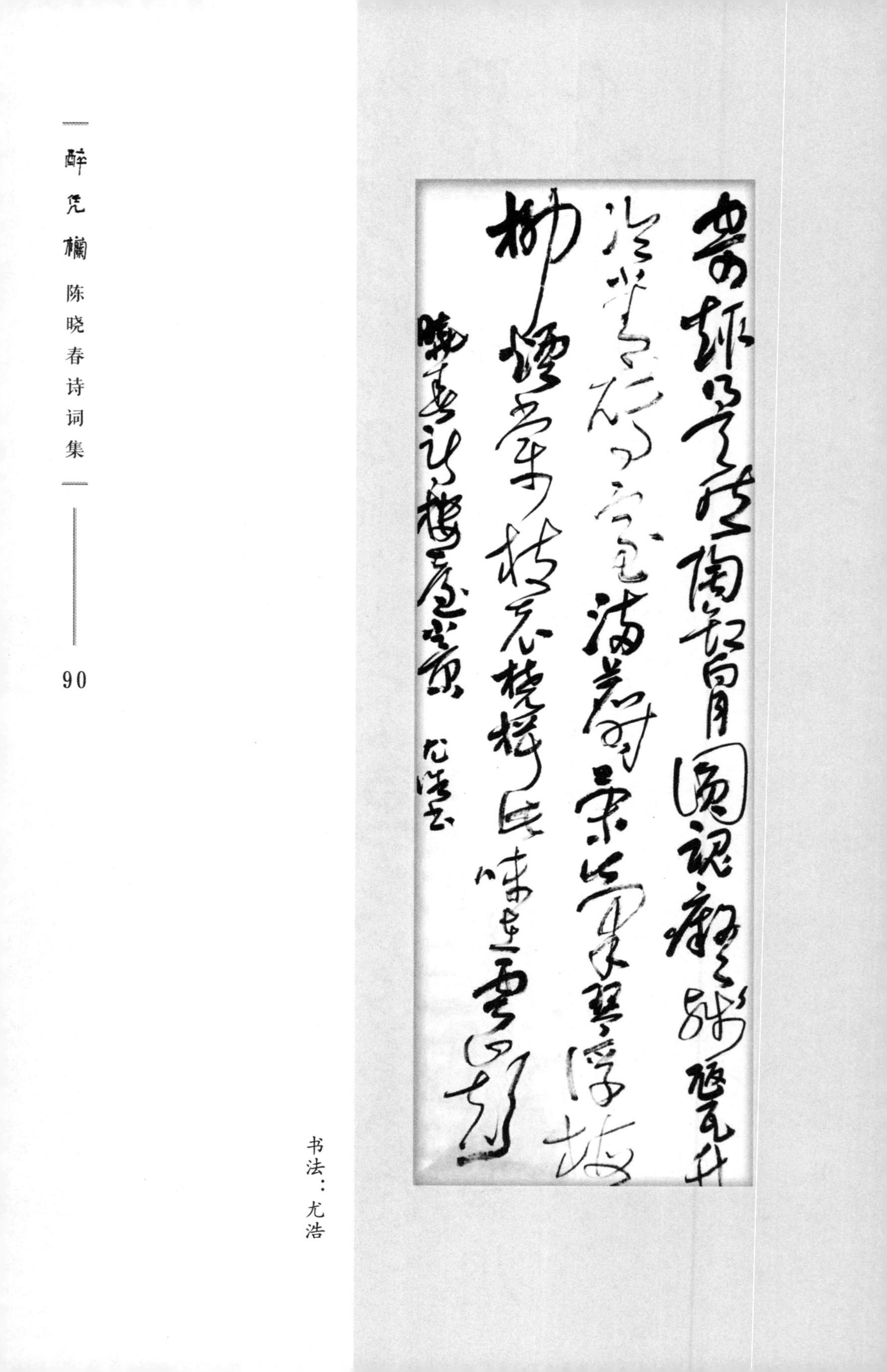

书法：尤浩

周英画家楼台小景

寄趣得天然，陶缸向月圆。
魂痴残瓯瓦，竹冷小青砖。
室满麝兰气，琴浮梅柳烟。
棠枝充楫棹，此味在云巅。

题《蔷薇美人图》兼赠姚家蓓女史

冰玉芳姿宿花影，芝兰秀色出烟霏。
眼前翠黛藏新雨，篱外朱颜醉晓晖。
情思淡雅琼蕊洁，文心温润绿芽肥。
笑盈双靥香盈袖，便与春光一处归。

摄影：练秀文

敬赠懒樵相俊先生

懒樵避世范堤东，诗笔恰堪文正同。
明眼穷经疏大义，宣毫忧国写孤忠。
前身本是骑鲸客，今世岂甘田舍翁。
雅曲清吟登耄耋，一峰占尽夕阳红。

观周英阳台小景有吟

老竹残根八面斜，瓦缸片石乱争差。
坐忘尘俗疏人事，俯拥露光栽岁华。
冷热性情端可羡，枯荣才命不须嗟。
喜看墙角新红绿，摘与冰心共一涯。

虹明写生图

翠碧晴晖草木香，柳疏莎软绛罗裳。
连株粉蕊传芳意，一缕轻霞著晓妆。
墨浸花魂生艳冶，风吹鬓影觉清凉。
竹声莺语双幽绝，露湿重楼画满囊。

摄影：罗虹明

书法：尤浩

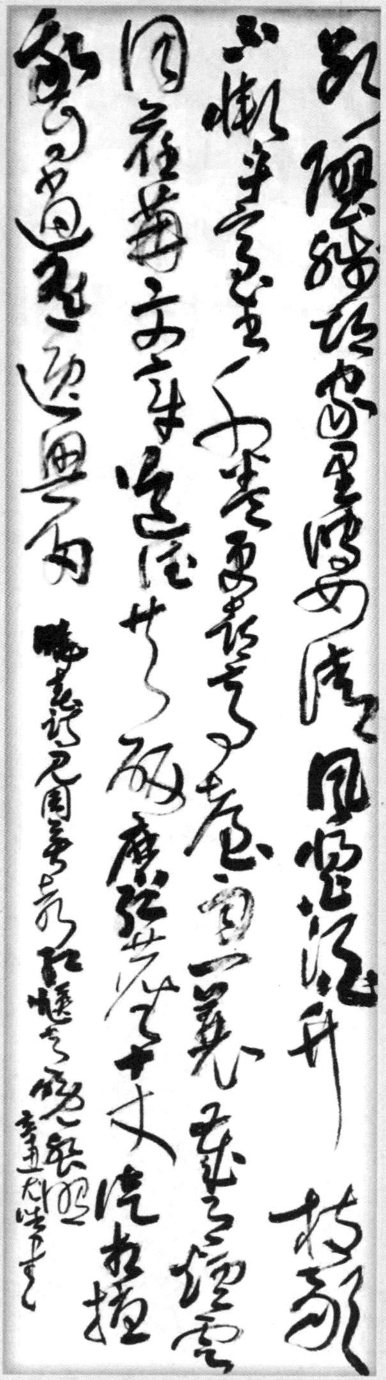

书法：尤浩

见周英袁红惬意晚餐照羡而有吟

断壁残垣家里婆，清风酱酒竹枝歌。
不惭斗室书千卷，更喜高台雨一蓑。
岁月烟云同荏苒，文章道德共研磨。
红尘十丈徒相扰，我自逍遥逸兴多。

为盐城市陈氏历史文化研究会赴大丰调研而作

题记：2017年8月19日，秋风习习，秋雨绵绵，暑热尽消，秋凉满怀。盐城市陈氏历史文化研究会一行七人，在荣誉会长陈玉富、会长陈富贵、常务副会长陈亮的带领下，来到大丰区陈氏文化研究会，探望慰问获得“陈氏宗族终身成就奖”的大丰区陈氏文化研究会老会长陈汉成，并就《中国·盐城陈氏》杂志的组织发行，以及支助本年度高考优秀学子和陈氏宗族内特困学生等工作进行考察调研，调研期间，两地陈氏文化研究会的领导倾心交流，就陈氏文研会的各项工作进行了深入探讨，调研取得圆满成功，收获满满，感而有赋。

秋风秋雨露华浓， 族聚情深欲荡胸。
丹墨双重书伟业[①]，薄金贯许表勋庸[②]。
心怀松竹志千里， 过眼烟云禄万钟[③]。
共待宏图繁盛世， 醉飞吟盏庆相逢。

注：

① 丹墨双重书伟业：一是指《中国·盐城陈氏》杂志创刊发行取得圆满成功；二是指此次盐城陈氏历史文化研究会倡导的扶贫助学的爱心善举，故曰“双重”。伟业：指陈氏历史文化研究这一宗亲事业。

② 薄金贯许表勋庸：贯许：旧时用绳索穿钱，每一千文为一贯，盐城陈氏历史文化研究会看望老会长陈汉成并送慰问金1500元，一是表达慰问之情，二是对陈老会长为陈氏宗亲事业做出突出贡献的表彰。勋庸：功勋。

③ 心怀松竹志千里，过眼烟云禄万钟：指陈氏文研会所有人员为宗亲事业不计名利、不求报酬、一心为公、无私奉献，如松竹一般的高风亮节。

听何玲龙老师“节庆诗的情感表达”讲座有感

题记：金秋十月，“国庆”将临，又喜逢党的十九大即将召开，各诗友群、诗社、诗词协会等纷纷征稿，征集“迎国庆”、“庆十九大”的诗词稿件。面对这种情况，业内有专业人士担忧，即将有一大批“老干体”作品扑面而来。所谓“老干体”，其共通之处有四：1. 均为应时应景之作；2. 文辞流于标语口号，概念化；3. 情感表达空泛苍白；4. 表现手法直叙，缺乏形象思维及意境。学者冯泽尧先生将具有这些特点的作品称之为“老干体”。对于这一问题，笔者深有感触，亦曾深思却不得其法，思维陷入盲区，眼前“山重水复疑无路”，可谓“思入穷途”。9月24日，有幸聆听盐都诗画社何玲龙老师的专题讲座“节庆诗的情感表达”，收获良多。何老师从“诗当言志，志从何来”这一问题切入主题，详细讲述了“情、志之概念”“情、志之差别”，强调了“在己为情、情动为志”“情为本我、志为超我”“诗者，志之所之也。在心为志，发言为诗。情动于中而形于言”。而“老干体”的弊病，就在于过分强调"述志"，不重视"缘情"，要克服这一弊病，就必须要注重"缘情述志"。金圣叹有言："其为状也，既结体以会妙，又散音以流言，初吐心以灿幽，转附物而起耀。"其重点为"转附物而起耀"也。即"述志须缘情，须有所寄、有所托"，即"须附物"也。听了何老师深入浅出的讲解，仿佛面前打开了一扇窗，眼前一亮，有豁然开朗之感，自己百思不得其解的问题迎刃而解，真是"柳暗花明又一村"。归后深思、细思，愈觉"缘情述志"之妙不可言，感而得七律一首以为记。

求知诗海苦相寻，幸得微言发玉音。
艾服始分情与志，余年细察本和心。
承恩紫殿思词赋，应制明堂鼓瑟琴。
感兴抒怀须有寄，惠风暖雨入清吟。

归田乐

春花秋月，夏雨冬雪，庭前修竹，林下清风，阶上新苔绿，亭畔枫叶红……田园之乐，便是把平凡的生活过成诗……

书法：张重光

野读

溪水潺潺白柳疏，山风轻卷闭茅庐，
依松小憩斜斜卧，半看云天半看书。

题扬州施桥园竹院茶室

竹院藏茶室，独浮碧水中。
天迟云隐月，风起柳扶松。
古曲迎宾客，香茗聚友朋。
平生无尽事，君且饮一盅。

茶会

竹倚桃花鸣野雀，草埋幽径入浓荫。
泥炉点火团蒲扇，石案焚檀焦尾琴。
袅袅香烟兰麝气，悠悠雅韵凤鸾音。
芽舒叶展茶残已，空谷余芳涤寸心。

闲居

卷倚檀香案，螭炉冉麝烟；
修身宜守道，养性静参禅；
或向诗经诵，时斜卧榻眠；
平生无大志，半醒半痴癫。

美术：苏玥如

田园居

斜风细雨润新芽，紫燕衔泥入我家。
黛瓦白墙依碧水，书香琴韵佐青茶。
春来卷袖嬉杨柳，夏去扶锄葬落花。
身与林泉相守老，心随日月走天涯。

冬日初晨阳台即景

寒风冻牖久不开，野雀喳喳立露台。
铁网钢栏无粟谷，点头啄脑觅何来？

品茶

细芽玉液漾琼浆，养眼怡神不忍尝。
水沸汤浓衣染绿，烟弥雾漫袖拈香。
半喉苦涩澄心境，满腹甘甜洗痛殇。
茶冷叶舒情未已，移樽把盏续残章。

新折梅枝

虬枝密密缀鹅黄，静立书斋吐暗香，
飞雪方知梅素洁，清幽凛冽傲寒霜。

殘凍消融放嫩
晴老茶煮雪湯
敲枰梅瓷料峭
迎春日孤賞前
庭舞柳鶯

時在辛丑冬月敬錄曉春先生
七絕立春詩一首 一樵於草堂居

书法：王征赴

立春

残冻消融放嫩晴，老茶煮雪漫敲枰。
梅花料峭迎春日，孤赏前庭舞柳莺。

春信

东君逐柳传春信，暖日融融草色新，
温软梅风娱碧水，村娘笑满浣纱津。

春风得意图

春潮带暖入青郊，新绿携黄润草茅，
三月南风犹瑟瑟，莺啼燕舞柳枝梢。

赞人民公园小河边捞杂草老者

皓首银丝眩夕阳，鱼纹松壑见风霜。
长竿慢舞浮漂尽，碧水红鲷乐未央。

晨练

平湖笼雾水云蒸，岸柳轻垂碧玉绳。
十里长堤星步急，汗浆时节日初升。

春日郊外拾趣

春风熏暖胜香醪，信步田园弃楚骚。
竹马村童新折柳，青枝曼舞乐陶陶。

并肩携手意融融

周末得闲，携妻手漫步公园，于去岁留影之梅树下驻足，又得佳照数张。归家浏览，深感时光匆匆，岁月不再；然亲情温暖，我心融融，感慨之时，得小绝一首，以记之。

并肩携手意融融，日月蹉跎步自躬。
去岁梅花妆凤靥，今年依旧笑春风。

老年戏迷

铁板歌喉赛凤鸣，松纹舒展尽耆英。
梨园白首惊年少，笑翠吟青颂晚晴。

春日即景

桃花三月暖阳天，新燕双飞散柳烟。
可喜今年春信早，满池碧水漾荷钱。

春日午读有感

青帝司春向未迟，和风暖雨信归期。
书中一页黄粱梦，窗外桃红柳绿时。

清明遇雨

野雀惊人噪杈丫，东风乱舞柳枝斜。
莫言春雨娇无力，一夜催开万树花。

公园散步遇盲人老夫妻

寒竹苍黄两手牵，步趋跄跄影相连，
情真何必千金诺，不弃不离度晚年。

吊兰花开

软玉灵根出草丛，瓦盆井水育葱茏，
南风吹醒三春梦，素瓣娇颜倚绿虹。

归鸟唱晚

三月和风舞绿杨，故池新水泛波光。
晚钟清越催归鸟，俏立枝梢唱夕阳。

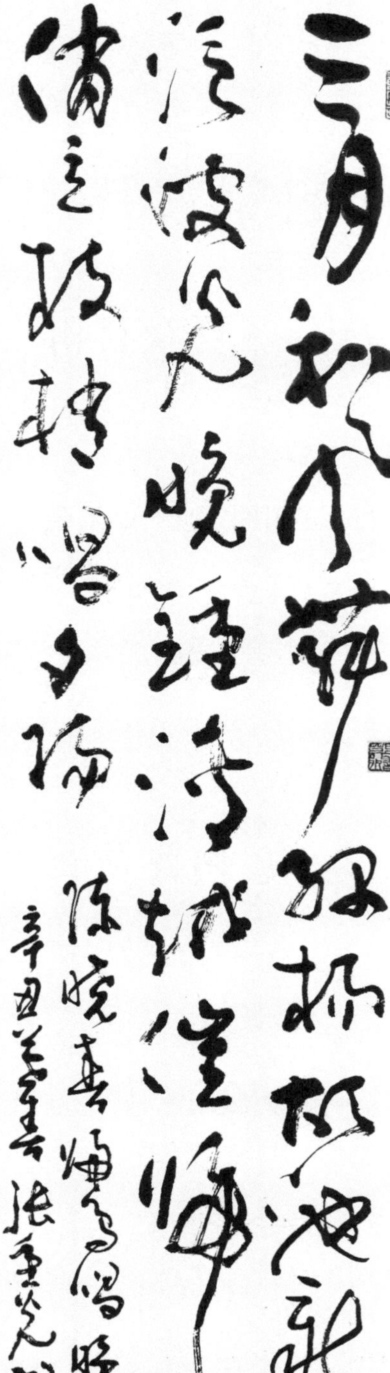

书法：张重光

夏夜喜雨

好风喜雨去尘嚣，蛙语蛩音送夜潮。
久旱田禾承碧露，村农飞梦九重霄。

雨露荷花

风姿绰约舞娉婷，一缕幽香入紫冥。
碧叶田田凝雨露，娇痴欲语岂无灵？

独酌

青竹篱边野蕨肥，新醪醇烈出柴扉。
醺醺拙句斟孤盏，壶外风清月影稀。

清平乐·黄梅雨

檐前看雨，丝落三千缕，点点飞花惊孤旅，箫管幽慵软语。

着眼壁角丛兰，更加森郁蓊萱，繁叶碧青如洗，围栏曼舞成欢。

书法：徐中林

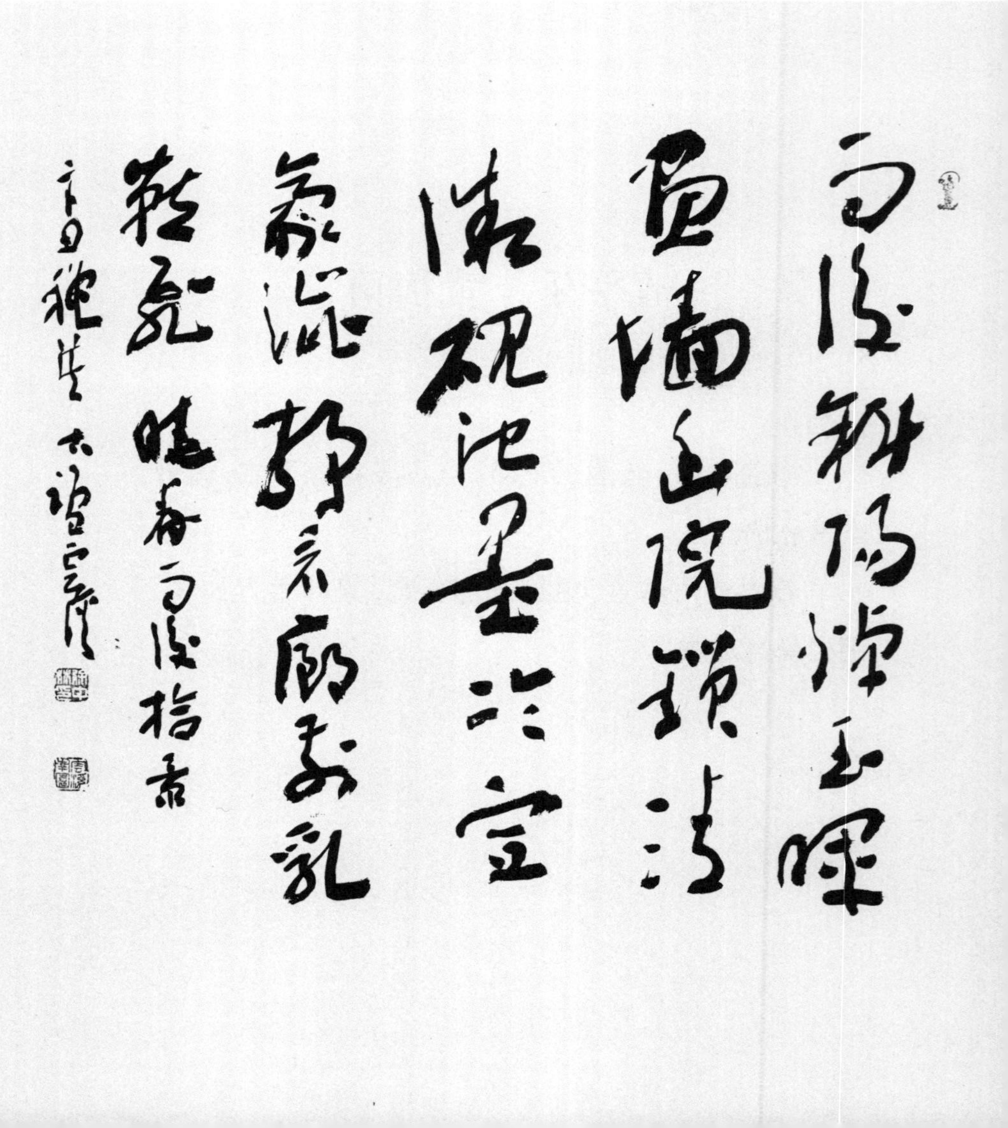

雨后拾景

雨后斜阳焯玉晖，画墙幽院锁清微。
砚池墨冷宣毫涩，静看廊前乳燕飞。

厨间偶得

周末赴乡下采摘蔬菜，青豆绿蔬，水灵灵、绿油油，满载而归，回家后与妻共同整理入厨，一时有感，偶得一绝。

绿豆青蔬挹露香，精挑细拣入厨房。
贤妻妙手亲调理，巧制藜羹润肺肠。

临江仙·寒柳（步纳兰韵）

老干素枝凭栏舞，霜风冷雨飘残，千丝万缕溢清寒，野人行寂寂，倦鸟语关关。

最喜春来青玉碧，葱茏装点湖山，流芳吐翠莫言难，东君应有信，送暖到前湾。

浣溪沙·忆儿时中秋夜分食月饼

小院柴门旧草堂，寒庭清影舞流光，一枚月饼七人尝。

红绿琼丝干果馅，催生馋唾入饥肠，经年犹记桂花香。

秋日雨后即景

西风送雨洗尘霾，碧草黄花蝶上阶。
云淡天高秋气爽，夕烟暮霭入诗怀。

戊戌正月初四日午后初晴

应时喜雨湿庭阶，疏淡梅香涌入怀。
嫩日催青寒乍暖，衔泥玉燕在云涯。

踏青

池柳迎风绰影斜，新莺婉转逐飞花。
沿河细草凝甘露，亲水芦锥吐嫩芽。
泥径旁边寻秀色，琼林深处觅芳华。
诗情醉趣原相得，乘兴倾囊向酒家。

宫墙与老人(题图)

明砖亮瓦筑宫墙,世事浮华两渺茫。
青壁苍头相失语,鱼纹松壑现沧桑。

归舟(题图)

夹岸槐榆妒众芳,和风暖雾水茫茫。
归舟惊起千痕绿,驶入桃源烟水乡。

夏日雨后即景

朱阑润湿柳梢青，万里云天洗晦冥。
孤月弄晴庭草碧，闲依轩牖数飞萤。

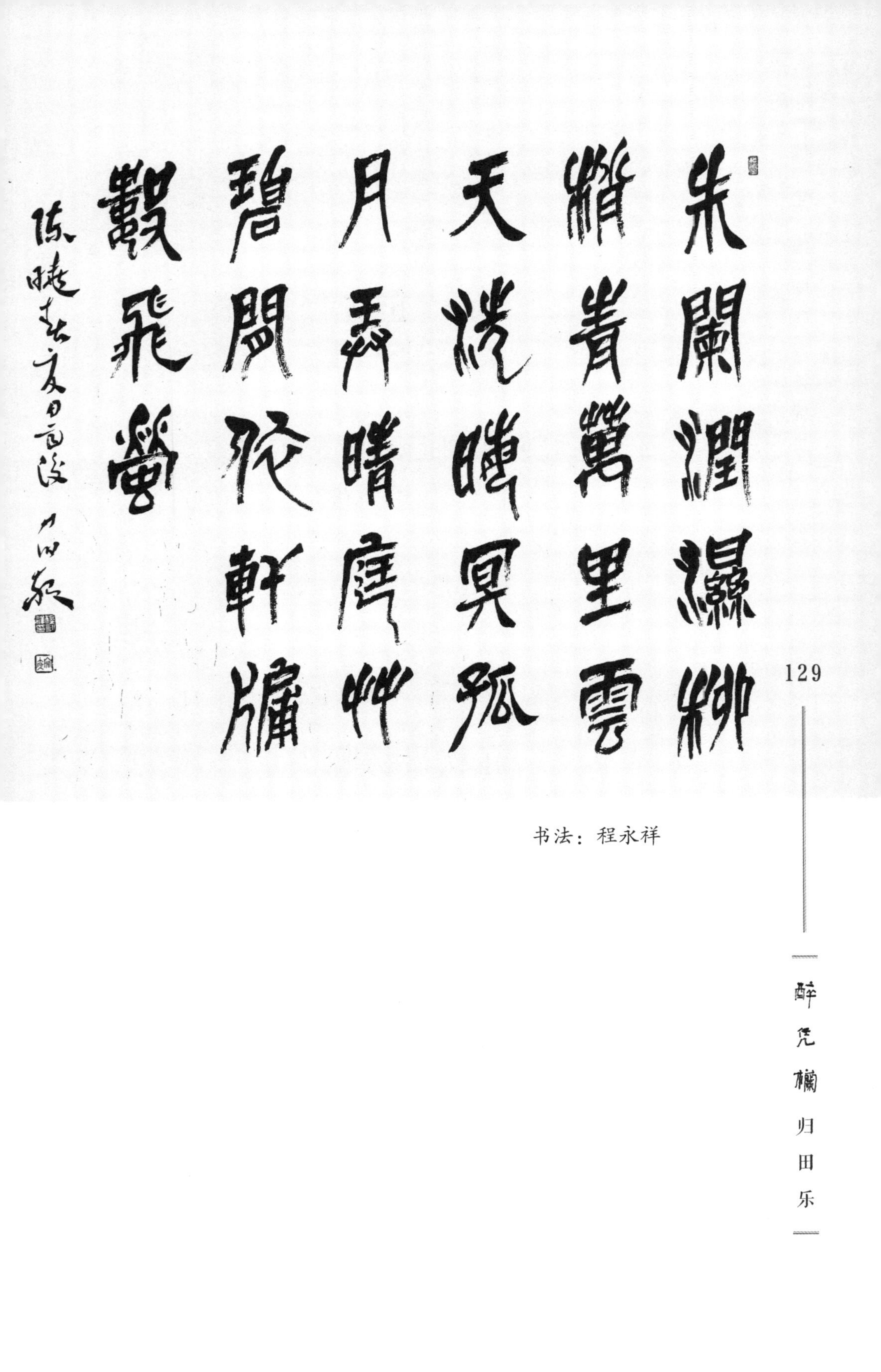

书法：程永祥

立秋

时令轻移到立秋，秋风清朗鹊声柔。
柔音箫管飘如梦，梦在桃溪觅胜游。

立秋日傍晚小景

风淡云高暑气清，玉栏九曲绿波平。
荷香柳色妆秋暮，静听蝉音唱晚晴。

夏收

耕垄芊绵映日黄，和风煦暖麦生香。
田农有梦凌霜雪，野雀无心趁稻粱。
晓色晴波千树秀，丰收美景四时芳。
稔年禾黍离离实，临眺抒怀意兴长。

风雨夜看微信

狂风催急雨，夜半鸣钟鼓，
群里有知音，妙言开肺腑。

春日闲吟

其一

岸柳开青眼，庭兰润碧滋。
斑鸠鸣野树，篁竹结笆篱。
煮酒何相望，行春有所思。
醉毫难漱墨，承露写新词。

其二

新雨孕青韶，东风竞日邀。
红桥牵锦缆，碧水荡兰桡。
园内群芳艳，枝头百鸟嚣。
弄春谁解语，细柳万千条。

其三

草木浮青霭，梅桃竞破颜。
推窗云影动，倚槛水声潺。
花信临瑶圃，春雷阻玉山。
东风心最急，随柳到前湾。

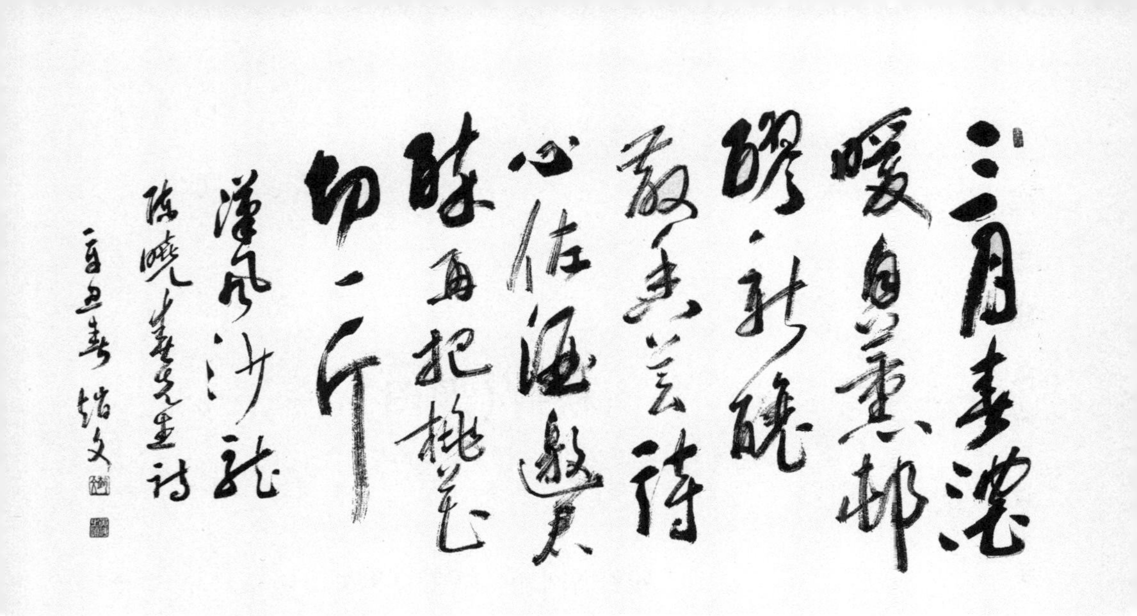

书法：赵文

邀饮

三月春浓暖自熏，村醪新酿散香芸。
诗心佐酒邀君醉，再把桃花切一斤。

周末

昨日弄孙欣欲狂，今朝为父制羹汤。
闲身未老多欢乐，孝道慈心两不忘。

秋荷（题图）

残红添水色，枯骨立寒烟。
垂首知秋实，挺躯明志坚。
冰姿每空负，玉质独堪怜。
鬓白尘心去，闲身亦似莲。

秋水斜阳（题图）

夹岸青芦玉色光，汀鸥似雪立斜阳。
诗心化雨滋芳草，处处桃源云水乡。

冬日遐思

霜树栖寒鸟，冬阳沐小城。
素修吟短卷，兴会作斜行。
后圃扶残菊，西轩送晚晴。
身闲心不老，洗耳听鸣筝。

荷花水鸟（题图）

天光云影落青荷，白鹭翩跹舞棹歌。
碧草黄花皆应景，诗情冉冉漫成河。

夜雪

琼玉飞花舞彻宵，诗心逐雪信风飘。
向梅寻得怜春句，两袖盈香坐独谣。

书法：顾晓燕

夜雪有寄

春来岂用媒，风雪两相催。
可有三冬酿，寒香佐玉梅？

初四日夜归

煮酒祝新春，行杯不厌频。
梅花知我醉，傲雪送归人。

春日晚醉

迷离醉眼上春台，飞雨流云一剪裁。
乱曲长歌将进酒，桃红李白应声开。

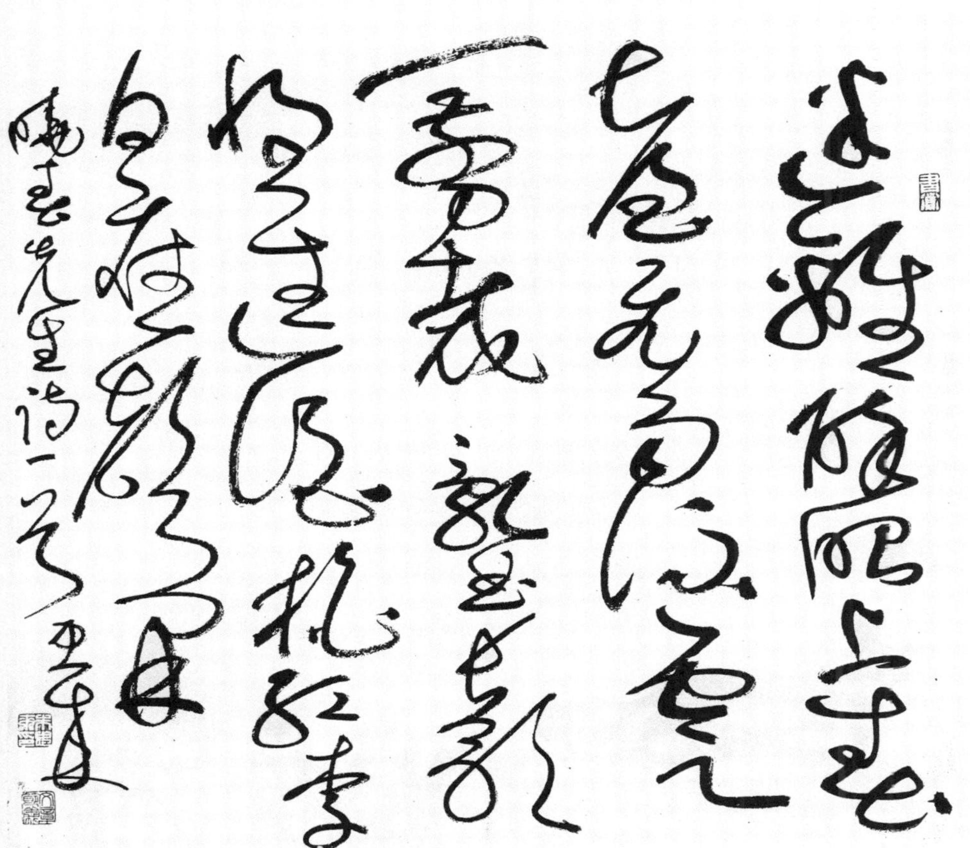

书法：朱忠来

题吴旭银老师《孤梅》图

树老枝虬劲，独擎天一涯。
凌霄饶瘦骨，傲雪秀寒葩。
疏影妆清绝，幽香馥迩遐。
孤芳流雅韵，冷眼看繁华。

摄影：猫先生

婆婆纳

和香带露展娇颜，纵意恣情泉石间。
过雨柔枝何静雅，经霜嫩蕊愈妖娴。
素心莹洁栖村野，清影连绵向柳湾。
三月软风犹料峭，便随桃李报春还。

狗尾巴草

翠影清光漾碧波，纤肢曼妙舞婆娑。
撷芳素手生春色，绣锦琼茵照玉娥。
泥径回斜曾斗草，野烟飘忽欲飞歌。
麻花小辫千千结，伴我童年欢乐多。

端午夜酒后狂语

半壶浊酒酹离骚，醉语狂歌放泼豪。
非是当朝无屈子，排云摘斗恨天高。

书法：沈同生

掼蛋

东园过雨拂新凉，窗下清风挹露香。
三尺小几燃戌火，四条好汉斗名堂。
莫言纸具非戎具，且把书场作战场。
胜固欣然输亦喜，笑谈衮衮论兴亡。

美术：周英

西河野钓

西河水弄潺，秋韵满桥湾。
霁色波痕动，流光日影斑。
青襟怀磊落，香饵钓清闲。
性野凭鱼戏，临风吟羽纶。

晨练

林透霞光千万条，喧声激越向风飙。
铮铮铁骨精神壮，勃勃英姿气势骄。
剑影翻腾惊碧水，棍花飞舞涌狂潮。
群豪同展凌云志，敢驾长缨入九霄。

剑舞

秋水一泓天外来，游龙飞凤舞池台。
重重光影联翩降，朵朵霜花次第开。
斜日生辉冰锷洁，落霞流火玉锋裁。
昆仑出世凌云耸，直逼苍穹呼快哉！

摄影：练秀文

美术：周英

观林间剑舞

别样风姿别样娇，青霜在手涌寒潮。
玉锋飞雪松间舞，素影含香林下飘。
每叹冰肌沾雨露，时闻清咤向云霄。
霞光剑气增颜色，少北双姝赛二乔。

秋日垄上行

岁稔秋成万亩黄，金风频送稻花香。
野田可意迎娇女，禾穗多情牵素裳。
豆荚已添平垄色，彩车更胜汉宫装。
柔躯忽向青泥倒，辗出诗痕又数行。

摄影：徐萍

秋收图

庚子九月十四日夜归，见诗词群内金公家乾老先生所发秋收图，自度一韵，赞疫后丰年，兼和金老先生《乡村秋月吟》。

时盛年成好，丰登人语欢。
灯明秋月暗，稻熟暮天宽。
玉屑如温润，金流若泛澜。
何妨歌一曲，带醉与君弹。

苏北老家

冬来农事歇，乡里废耕畲。
水静长天阔，日高平野舒。
空怜荒草径，独守旧田庐。
妒羡晨光好，烟霞满素裾。

乡村晨兴

小城春暖满烟霞，又见啼莺戏碧沙。
柳应熏风千叠绿，桃随细雨万枝花。
耕锄灌溉知农事，人影机声入我家。
不负桑田勤稼穑，青苗翠麦斗新芽。

辛丑三月廿二日
赴如东小洋港途中有吟

三月已兼旬，驱车向晚春。
繁花红乱眼，百里翠缠身。
波静堪移棹，风清好拂尘。
客怀何寂寂，归去理丝伦。

摄影：猫先生

题吴旭银老师《暮归》图

莎径晚云遮，一蓑归兴斜。
空箫横野水，俚曲舞山花。
骨瘦风霜烈，神清日月遐。
苍烟青霭里，有路入仙家。

观雨

烟雨润丰城，时芳任恣横。
枝头红未减，叶底绿先生。
临槛催新句，入帘醒宿酲。
稚孙来应景，抢手试瑶筝。

书法：董晖

10月7日赴如东食海鲜

熟路轻装百里程，晴光和暖恣纵横。
风车运转浮云动，秋气融浑快意生。
乡味足堪酬口欲，海鲜更喜赛吴羹。
江天赐我流霞饮，我羡潮头鸥鹭声。

台风过后

台风过后有清凉，盛暑嚣烦一扫光。
骤雨飞来除垢秽，流云隐遁现苍琅。
窗前藤蔓添新绿，架上黄花浮暗香。
闲坐听蝉林树杪，茶烟袅袅入诗囊。

暴雨夜卧室进水

卧室三更涨夜潮，水痕深切印墙腰，
新修楼脊因何故？害我贤妻舞木瓢！

看花回

芳彩植物园，亦称“潘园”，园主潘氏春屏，自号“花海农夫”。其人痴迷花草，醉心林木，辞公家身，辟私家园，一年四季，草木葱茏，鸟语花香，每行于花影林荫间，总能得一二新句……

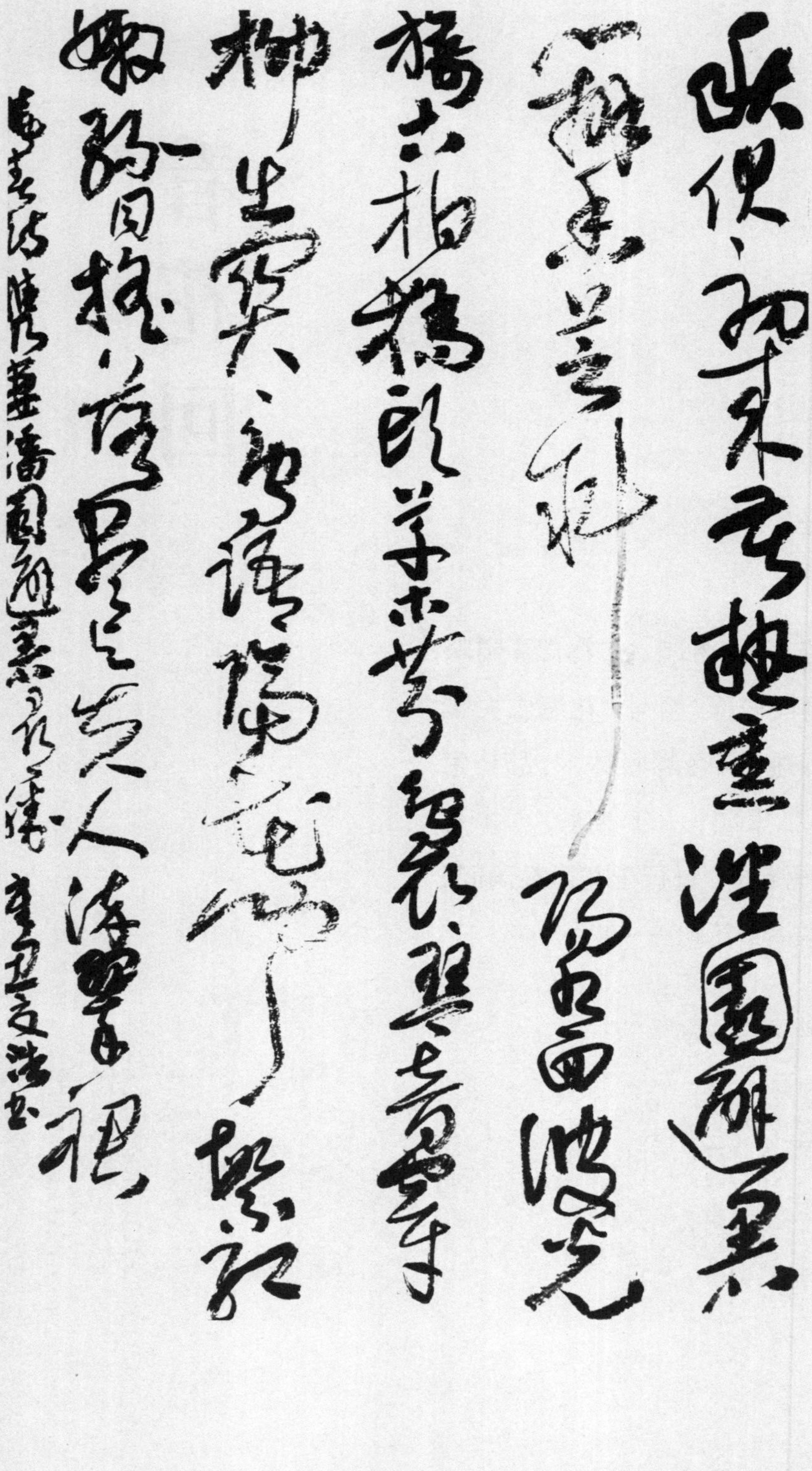

书法：尤浩

摄影：徐萍

辛丑七月初一日携妻潘园避暑寻胜

秋伏初来苦热熏，潘园避暑辨香芸。
斜阳水面波光旖，古柏桥头草木芬。
袅袅琴音穿柳出，关关鸟语隔花闻。
繁红嫩绿同摇落，尽与夫人染翠裙。

《芳彩园雅集》分韵得“面”字

清风骤暖吹人面，忝列潘园从雅宴。
水色云光入画楼，梅魂柳影归吟卷。
独怜蔓草正迟留，三顾春红犹眷恋。
诗债难还愧叹多，诚祈再赴金华殿。

注：金华殿：古殿名。在未央宫内。西汉中常侍班伯曾于此受业。

《芳彩园雅集》分韵得“不”字

繁花众草相芜没，艳艳陆莲[①]摇鄂不[②]。
三九冬寒孕郁葱，一分春暖生蓬勃。
清风化雨养朱颜，野露餐霞滋玉骨。
十丈红尘结善缘[③]，芳心有梦常飘兀[④]。

注：

① 陆莲：即“洋牡丹”。学名，花毛茛(gèn)；别名，芹菜花，陆莲花。

② 鄂不：花萼和花托。鄂，通“萼”。不，同“柎”。《诗·小雅·常棣》:“常棣之华，鄂不韡韡。”

③ 结善缘：陆莲花语：受欢迎。个性随和、健谈、广受周遭人的仰慕、喜爱及支持。

④ 飘兀：飘荡；摆动。

赴芳彩园诗友欢聚有得

应邀奉访入潘园，七彩流芳映日暄。
瑶圃千重花烂漫，玉河九曲水潺湲。
露侵蔓草香侵袖，歌满闲庭绿满轩。
明月清风常做伴，素心何必慕桃源。

赠芳彩园主潘君春屏

芳园野客半生痴，八斗高才付菊篱。
烂漫诗情滋沃土，吟花种草两相宜。

见潘君春屏水中除草有赠

赤足向津衢，衣衫任浸濡。
波摇惊翡翠，红落咽慈乌。
池圃除衰草，松楼醉玉壶。
诗章舒眼界，花海一农夫。

春屏打药水

秋日高悬暑气蒸，大棚密闭火云腾，
春屏挥汗如飞雨，勤拗药机驱虱蝇。

浣溪沙·花海农夫

骚客性情燕赵风，梅英制骨雪为容。身行磊落作花农。

鬓影斑斑依碧草，丹心切切入芳丛。栽花种柳乐无穷。

潘园遇台风雨

台风肆虐雨猖狂，径入潘园千万行，
棚损花残果零落，农夫失语转愁肠。

騷客性情燕趙風梅英製骨雪為容身行磊落作花農鬢影斑斑依碧草丹心切切入芳叢栽花種柳樂無窮

右錄曉春先生詞浣溪沙花海農夫一首 壬寅春月忠来

书法：朱忠来

一萼红·赞潘园石蒜花

赞潘园，有繁花无际，红萼锁云烟。艳蕊含娇，纤枝斗巧，香韵秀色喧妍。下石径、闲依翠竹，傍水岸、摇曳戏秋莲。临榭寻芳，登楼远眺，欢意生怜。

借问黄泉旧事，应浪高水冷，苦雨飘残。彼岸花开，幽冥独泣，世世相错堪叹。看琼苑、灵葩荼锦，乘芳华、袅窕舞翩跹。且把情思一缕，相寄云笺。

摄影：猫先生

咏石蒜花

窈窕仙姿五彩华，氤氲馥郁散流霞。
灵根有慧栖村圃，也送清安到海涯。

朋友圈喜见春屏石蒜花开

芳草萋萋绿满汀，仙姿绰约舞娉婷。
羞红拂面娇无语，却待花农细细听。

彼岸花

多情反作负情嗟，互错终生彼岸花。
娇影黄泉凝泪眼，曼珠碧血染沙华。
连天野火望乡路，近水香魂埋骨沙。
翠袖红颜相独绝，芳姿绰约自横斜。

芳彩园雪景

小园积雪如堆玉，青竹低眉柳折腰。
喜见寒梅横瘦骨，孤芳冷蕊舞春朝。

芳彩园踏青

阳和日暖晓寒轻，会约潘园踏翠行。
香径繁花含露湿，小池细柳怯风惊。
清吟一曲飞云定，绿酒三杯灏气生。
诗景丰饶酬醉笔，落红流水赋芳情。

芳彩园赏芍药有吟

芳彩园中春气暖，黄莺喧语燕登堂。
晓风挹露探红药，微雨含烟锁绿杨。
摇曳风姿勤弄影，徘徊曲径细闻香。
试将拙句吟朱翠，诗路不如花路长。

芳彩园赏牡丹有吟

春圃繁花十万行，游蜂戏蝶舞痴狂。
含烟娇蕊凝幽馥，过雨青枝锁嫩凉。
眼底飘摇皆国色，鼻端留滞是天香。
莫言俗世无佳品，芳彩牡丹惭洛阳。

芳彩园再赏牡丹

花痕深浅试新妆，芳彩园中春日长。
空翠扶摇疏弄影，嫣红缭乱暗生香。
清魂逸气萦幽梦，国色天姿酬锦肠。
应有诗心知雅意，临风度曲共飞觞。

美术：李生甫

拾得潘园一缕香

（一）

拾得潘园一缕香，西轩棐几试新妆。
玄经素帙生颜色，清韵流离又数行。

（二）

时新小雨送轻凉，拾得潘园一缕香。
濯秀流芳妆紫案，堪惭魏紫与姚黄。

（三）

半亩桃花半海棠，紫藤架下昼阴长，
寻芳客子迷归路，拾得潘园一缕香。

游芳彩园赏绣球花，兼赠春屏

五月绣球初破颜，繁英秀萼舞斑斓。
风姿绰约惭飞燕，丽影丰饶羞玉环。
点染芳华舒雅意，磨研新品寄清闲。
香名不日驰云海，愿与君同喜泪潸。

羁身沪上知绣球花研讨会开幕感而有吟

申城梅半熟，夜雨隔窗斜。
搜韵来消酒，临屏见插花。
潘园千叠艳，旅思万重纱。
多感寻芳客，诗心共一涯。

芳彩绣球初試妝
嫣紅姹紫舞霓裳
朱英翠萼迎朝露
碧葉青枝鬥晚霜
方渴細香填妙句
再尋濃艷浣幽腸
詩魂不比花魂瘦
脫口吟成十萬行

曉春先生詩 寧心居士 束珩

书法：束珩

芳彩园绣球花盛开，应春屏兄之邀向花间寻诗

芳彩绣球初试妆，嫣红姹紫舞霓裳。
朱英翠萼迎朝露，碧叶青枝斗晚霜。
方得细香填妙句，再寻浓艳浣幽肠。
诗魂不比花魂瘦，脱口吟成十万行。

芳彩园赏绣球，兼赠园主春屏

农夫才艺自通玄，芳彩绣球霞满天。
小径余妍长烂漫，平畦新绿又芊绵。
既生傲骨惊流俗，更向繁红著雅篇。
莫道花翁无灏气，琼英一片植心田。

摄影：猫先生

春屏兄去台城多日有寄

秋思无限出篱樊，玉露银霜满竹轩。
廊下一枝花落去，便将酸眼望潘园。

春屏探梅图

潘园新霁雪，花径满香泥。
恐负红梅意，行春向绿荑。

己亥暮秋寄春屏

霜染东篱数点黄，晓风细细巧梳妆。
寻芳惊觉花农远，对景方知露气凉。
素手为谁携桂酒，秋心无处觅诗章。
一枚红叶君前寄，试问潘园菊可香？

霜染東籬數點黃，曉風細細巧梳妝。尋芳驚覺花農遠，對景方知露氣涼。素手為誰攜桂酒，秋心無處覓詩章。一枚紅葉君前寄，試問潘園滿可香。

壬寅春月錄舊作己亥暮秋寄表屏古樵於鄰西河畔

书法：王征赴

知悉春屏兄台城签约三年有感

潘园久别一时迁，忽见清容到眼前，
芳彩繁华依旧否？君心忍我问三年？

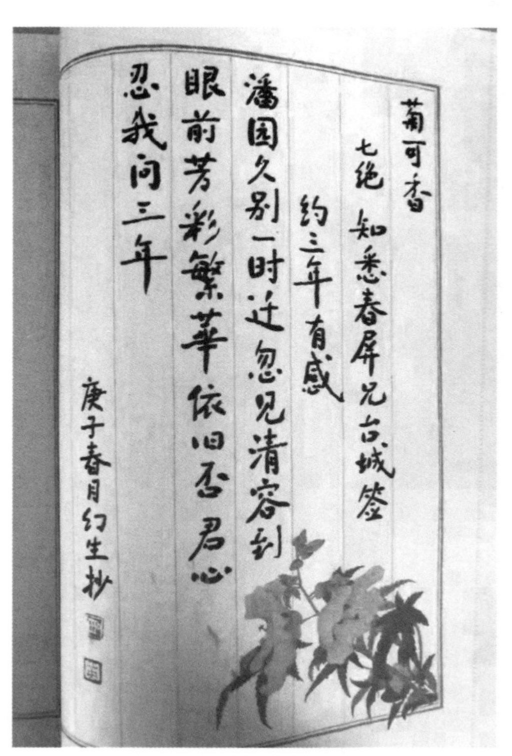

书法：周英

望云间

凡情俗事逐年远，雅趣幽怀终日亲。任日升日落，看云卷云舒……

书法：顾晓燕

声声慢·立秋日感赋

蒲苇半青，芦荻半黄，斜阳红醉汀洲。点点江花如火，逐逐奔流。蝉鸣西风向晚，水烟迷、野渡孤舟。极目处、有惊云翻浪，似雪沙鸥。

一袭青衫磊落，正黄昏、谁与携酒登楼。早脱少年风味，哪得闲愁。且听蛩吟露叶，雁声回，野笛悠悠。赋新句、寄情留香草，好个清秋。

清贫颂(新韵)

白屋寒舍意何忧,映月读书苦作舟。
享客浊浆余半盏,居家咸菜有一瓯。
琴声歌韵龙吟凤,竹露松风夏到秋。
胸荡凌云填海志,青衣也敢笑王侯。

丹桂

丹桂花开秋色浓,芬芳馥郁满苍穹。
可怜昨夜西风劲,碧叶青枝半染红。

思乡(新韵)

久居客地故音稀,信寄鸿鱼情未移。
雨打梧桐消永夜,风吹杏李盼归期。
不贪异域春光好,更恋家乡草色猗。
何日弟兄同把盏,剪烛共醉小窗西。

数字人生

十年辛苦五更寒,一卷经书百遍翻,
万丈红尘终作古,千年回首梦飘残。

五十岁生日感怀

往岁蹉跎五十秋，斑斑两鬓倦行游。
夏虫冬雪临诗境，丹墨琼章赌酒筹。
北涧竹烟浮翠暖，西斋兰蕙漾清幽。
余生洗盏吟风月，不识人间苦与愁。

摄影：董溪

端阳

五月荷莲日日新，青池积润碧粼粼。
端阳浅醉登高处，遥忆湘流独醒人。

行香子·忆屈原

抱石湘流，千古含冤，痛恨楚君拒良言。枉亲屑小，朝暮贪欢。故国难回，放长啸，问苍天。

群鸦聒噪，青鸾孤立，忍见强秦犯关山。残躯浩浩，江水湍湍。美人香草，伴忠魄，返家园。

游牡丹园感怀

丁酉四月，初夏，携父母往黄尖牡丹园一游，惜花期已过，牡丹凋零，唯余满园青枝绿叶，甚憾！由事及人，深省事亲行孝宜当时，勿留遗憾抱终生。

一

天香国色了无痕，叶茂枝繁绿满园。
来岁赏花宜趁早，勿容残蕊对椿萱[①]。

二

勿容残蕊对椿萱，修孝谁堪负愿言[②]。
深省此身何处出，殷情看顾问心源。

三

殷情看顾问心源，颐养天年笑语暄，
抛却生前身后事，春华秋实乐乡园。

四

春华秋实乐乡园，最是难还父母恩，
下孝上慈身作则，仁心贤德付儿孙。

五

仁心贤德付儿孙，放醉尤思竹素园[③]，
经满书斋诗满腹，天香国色了无痕。

注：

① 椿萱：《庄子·逍遥游》谓大椿长寿，后世因以椿称父。《诗·卫风·伯兮》："焉得谖草，言树之背。"谖草，萱草。后世因以萱称母。椿、萱连用，代称父母。

② 愿言：思念殷切貌。宋·华岳《早春即事》诗："愿言相约花前醉，莫放春容过海棠。"宋·张嵲《将请乡郡作》有"决策在今岁，无令辜愿言"。

③ 竹素园：形容典籍丰富。《文选·张协〈杂诗〉》："游思竹素园，寄辞翰墨林。"张铣注："竹素皆乃古人所用书之者，言游思典籍也，言园谓广也。"

武陵春·菅芒花

碧玉青芒生四野。春盛复冬荣。不落浮华不好名。闲看白云轻。

微躯敢向寒冰立。霜露濯繁缨。明月清风伴此生。皓首慰诗情。

风景

清风习习水波粼，杨柳依依草色新。
过眼闲云皆瑞霭，知音顽石胜青珉。
喧声入耳磨心镜，飞雨临窗洗俗尘。
莫道身边无好景，胸怀物意四时春。

为余光中老人逝世及如潮之网评而作

一枚邮票寄乡愁，客梦诗情两郁悠。
刀笔随宜褒与贬，文章取次怨和仇。
应怜游子归心切，更喜家园景色幽。
且将闲身栖碧草，蠹书自有后人修。

清明扫墓

思亲客子踏春归，孝意乡心两不违。
野径闲花披素艳，村田细麦拂清微。
寄情串炮冲天响，礼愿冥资化蝶飞。
岂望儿孙衣紫服？诚祈四季稻粱肥。

烈日下的环卫工

烈日下的环卫工人，是城市中一道特殊的、美丽的风景。烈日炎炎，为了给城市美容，环卫工满面灰尘，挥汗如雨，这雨，是特殊的雨、光荣的雨，每一滴汗雨挥洒的都是环卫工人对城市的大爱。他们用默默无闻的奉献，谱写了一曲曲城市的赞歌。

——题记

七月骄阳似火燃，热潮滚滚地生烟，
汗流浃背如飞雨，洗净街尘万万千。

教师礼赞

几多寒夜接霜晨，风雨灵台寄此身。
三寸舌言天下事，五车书谕后来人。
文章润泽施甘惠，桃李芬芳艳俗尘。
白发青丝昭日月，丹心化育满园春。

书法：尤浩

过荆州

车过荆山侧，遥闻钲鼓声。
碉楼飞羽檄，铁槊舞长缨。
诸葛占神卦，周郎布柳营。
连环谋未出，苦肉计先行。
子夜东风劲，千秋管乐名。
接天炎火滚，遍地战旗倾。
樯橹青烟缈，波澜白骨狞。
英魂归故土，碧水绕新城。
明月江心照，霜华鬓角生。
宽仁双节重，慈孝一身轻。
试作莱衣戏，娱亲赴旅程。

悼金庸

任侠又鸿儒，唯公独绝殊。
琴心澄碧海，剑胆翠苍梧。
笔健铭文鼎，天高横斗枢。
江湖犹未静，安忍赴泉途？

秋日闲吟,集韵“何妨醉卧一襟秋”

题记:秋日闲吟,集韵“何妨醉卧一襟秋”,诗按“七律”,词寄“折丹桂”。

何

红叶随时怎奈何,风吹霜浸任婆娑。
失巢孤雁鸣斜日,拢岸莲舟唱俚歌。
暮霭长亭思柳永,金樽明月忆东坡。
纷繁澍雨催丹菊,秋色盈怀自郁峨。

妨

金风送爽见秋凉,入眼青山半赤黄。
旅雁沉浮横弱水,寒蝉凄切断柔肠。
篱边野菊凌霜秀,檐下木樨凝露香。
新曲初醅酬远客,联诗斗酒略疏狂。

醉

秋山叠火春山翠,遍洒相思泪。金风玉露一相逢,梦尚暖、心花醉。

佳期懒看寒宫桂,九阙云烟沸。银河无渡鹊为桥,泣相对、聊相慰。

卧

残红未扫凭谁个，急把花锄荷。衣沾轻汗濯微尘，且小憩、堂前卧。

夜蛩吐语寒蝉和，香梦才惊破。月华清影动苔阶，再放枕、偷安惰。

一

芦花叠雪秋江瑟，万里云天碧。清风浩露为谁言，问北雁、终无一。

寒蝉闭语霜蛩息，慰我长相忆。半枚红叶诉相思，信欲寄、双飞翼。

襟

菊蕊香尘拂满襟，清风做伴入穹林。
云凝岚翠开青霭，叶染霜红别绿荫。
渌水能吹苍玉笛，空山好抚断纹琴。
雅歌浩曲吟秋色，一地黄花一地金。

秋

草堂向晚静幽幽，枫自飘红水自流。
四季琴樽朝岁节，三春花鸟作朋俦。
岂无美酒酬明月，更有新诗慰白头。
酣紫醺黄篱下菊，何妨醉卧一襟秋。

书法：尤浩

戊戌冬日素食馆义工

衰草凝寒露，青桐覆晓霜。
芳心携灏气，素馆浴朝阳。
除扫多欢乐，调烹不急忙。
孤贫开笑脸，感悦满华堂。

空调工作却不制冷

夏炎书室迮，竟日汗如浆。
电扇千般转，微躯一霎凉。
苦吟常静乐，得句偶癫狂。
淡泊声名利，从容两鬓霜。

中秋夜

桂酒盈樽清且沦，流华照雪露侵人。
秋蓬起舞邀明月，霜叶纷飞逐绛唇。
吟兴翩飘多缱绻，幽思远寄复逡巡。
平生顾看常怀愧，幸得余年自在身。

感双面药师佛莲驾别移

丈六金身向碧空，佛光久别独飘蓬。
慈怀药祖惊铜臭，慧性琉璃困溟蒙。
梦里荣华原渺渺，世间名利太匆匆。
莲花贝叶归何罪，今古人心大不同。

一首闲诗过大年(辘轳体)

一

一首闲诗过大年,春潮带暖咏新篇。
梅花皎洁凌霜后,蕙草娉婷媚眼前。
半世俗情磨岁月,满怀清操向云天。
登楼把酒谁邀醉,磊落青衫李谪仙。

二

声声爆竹震云天,一首闲诗过大年。
群里红包飞急雨,壶中绿茗袅轻烟。
斑斓野蝶扶花醉,婉转新莺唤柳眠。
无病无忧方是福,清贫度日赛神仙。

三

爆竹喧腾震九天,春莺清啭暖风前。
两行草字妆新岁,一首闲诗过大年。
醉眼迷离挥秃笔,吟怀缱绻续残篇。
平生雅爱唯言志,古卷芳樽共入眠。

四

长街歌舞乐喧天，小院檀香生紫烟。
灵草数丛添暖色，醇醪两盏助慵眠。
满怀雪意归尘梦，一首闲诗过大年。
唤友呼朋谋晚醉，资囊尚有买春钱。

五

逸兴幽情正月天，心慵身懒作清眠。
前庭梅李争春色，西苑笙箫吹晚烟。
竹影婆娑凌雪后，酒香醇烈向云边。
满屏祝福尘心暖，一首闲诗过大年。

守岁

更深报岁残，独坐守平安。
执笔无幽意，临窗有素兰。
寸心知得失，一念晓悲欢。
两鬓霜华重，眼前天地宽。

元宵前夜独酌

风柔雨润会元宵，秃笔闲书独酌谣。
拔节有声添野笋，凝烟无迹入庭蕉。
苑梅得趣疏清影，池柳知情绿细条。
香色满壶邀我醉，便将痴骨逐春潮。

清平乐·元宵前夜独酌

元宵好景，庭竹摇疏影，梅瘦兰肥遥相映。诗酒可能遣兴？

清露细雨微凉。百般搜索枯肠。独自扶栏把酒，何须红袖添香。

遇学雷锋日活动

听闻举国学雷锋，俯首回思御墨浓。
自古英雄多寂寞，由来忠魄每从容。
孱躯岂可依丰蕊，侠骨偏能傍瘦筇。
朗朗玉音犹在耳，清辉皓气满心胸。

自勉

绞断枯肠觅小诗，寻章琢句意迟迟。
垂辉青史未能晓，搔短白头唯自知。
学海无涯勤问道，文峰有路再从师。
但留片字存方册，不负尘心一段痴。

美术：周英

春日夜雨，晨起见新红零落，感而有吟

三更数点桃花雨，向晓一行杨柳风。
野树繁枝添嫩绿，曲池碧水落新红。
香浓春暖惭无律，语浅句迟羞未工。
李杜吟魂如我是，诗中寻味乐融融。

己亥季春感怀

吟风松竹报初晴，泣露桃花百啭莺。
画笔轻舒描秀色，诗怀宣展度新声。
良辰好景须珍重，白发苍颜便老成。
岂得春光恒久驻，落红有意水无情。

秋夜有思

夜入闲庭枫染霜，蛩音瑟瑟递秋凉。
西风骤急看花落，寒露初来催草荒。
自感物情欺日月，天生饮兴逼穹苍。
樽前拾得三行半，醉笔书成敬楚狂。

夜凉有感

西风烈烈逐飞鸿，夜涨秋寒霜浸枫。
遥忆娇儿衣曼暖，可怜慈母眼迷蒙。
充庭兰桂芳枝盛，许我椿萱鬓雪融。
奉酒承欢期永日，双亲膝下侍微躬。

美术：周英

夜半无眠有诗

长空断雁声声急，酒醒三更不得眠。
残梦无由伤老树，清辉有意照吟笺。
窗摇桂影浅深浅，笔洒墨痕颠倒颠。
一任闲愁随逝水，漫将句读数流年。

望半屏山

海上雄峰开画屏，潮头激浪涌繁星。
遥观飞鹭冲寥廓，俯瞰孤帆入杳冥。
半壁流言诚可信，一腔离恨不甘宁。
延平心迹应犹在，碧血千秋纪汗青。

山农

山居无俗思，野兴任横斜。
草屋春常在，竹篱趣自嘉。
俯身耕岁月，举手揽烟霞。
切切锄荒秽，冰心照物华。

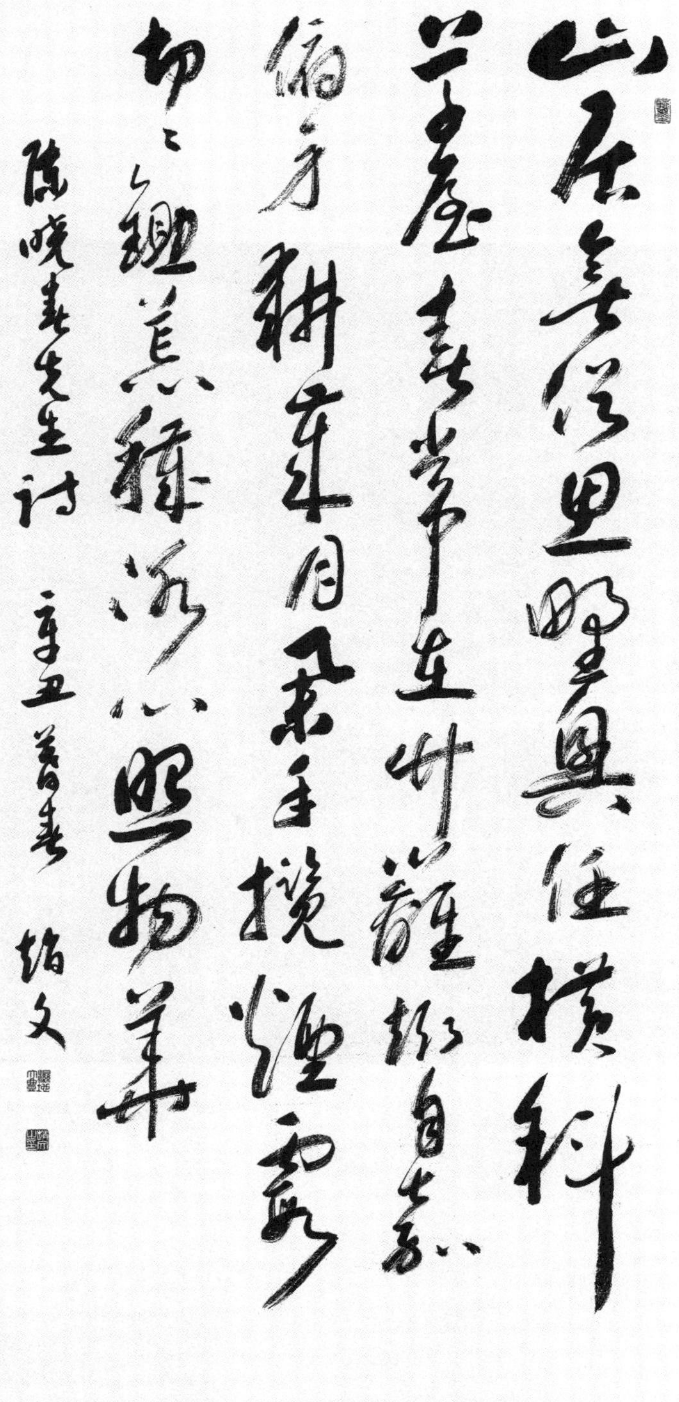

书法：赵文

摄影：严正东

悯渔

（一）

潮涨烟江浦，孤寒一叶舟。
独迎风雨晦，苦思稻粱谋。
薄命身无寄，劳生劫未休。
夜暝渔火白，烁烁对人愁。

（二）

野水寒光静，孤篷泊晚烟。
渔灯殊恍惚，丝网苦牵缠。
断雁鸣天外，添愁向月边。
一蓑风带雨，生死两堪怜。

腹有诗书气自华(轱辘体)

一

腹有诗书气自华,墨香常侍可人家。
案头烛泪随霜冷,墙角梅枝向月斜。
湛湛笔端舒柳影,温温心曲引云车。
独无锦字传芳信?幽趣清怀各一涯。

二

绮罗香粉不须嗟,腹有诗书气自华。
曼舞何曾输碧柳,豪吟亦可比铜琶。
物情世事年年老,玉骨冰心日日加。
如雪芳姿莹素月,清新雅淡醉流霞。

三

敢向青娥问月槎,清辉半染小窗纱。
胸怀兰竹心方静,腹有诗书气自华。
兴叹只因秦汉事,无情最是帝王家。
香尘芳思谁为寄,天际遥看雁字斜。

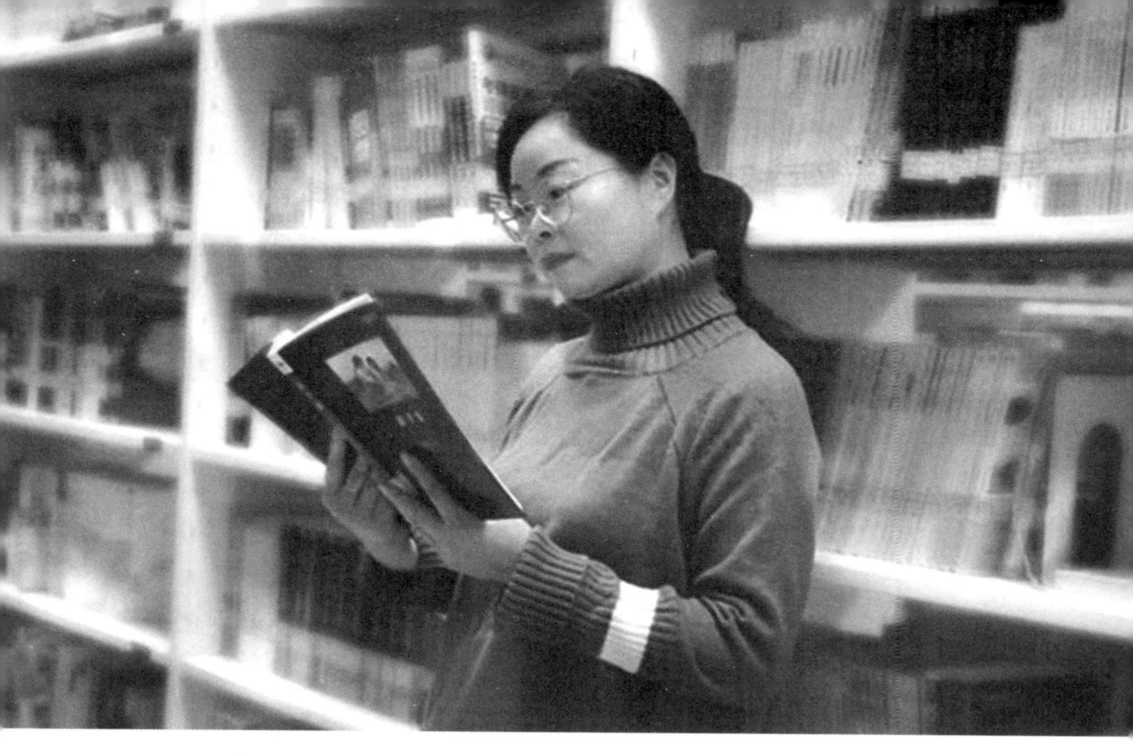

摄影：徐萍

四

芳姿丽质出云涯，野水村烟向日斜。
雨后黄花香石径，篱边秀色暖人家。
胸藏锦绣心生巧，腹有诗书气自华。
瑶楫前头无陌路，湘娥秦女共星槎。

五

野店江村白日斜，荒陂石径上青莎。
且容幽趣向寒笛，暂息尘心听晚鸦。
绿鬓香肌就松菊，清词妙曲赋桑麻。
莫言女子无英秀，腹有诗书气自华。

江北江南初入梅申城飞雨佐新醅
前野雀歌兼舞处处轻烟去复回
客梦随风虽有意诗情独晚苦无媒
纵若桂子同零落自酌乡心又一杯

壬寅春录晓春沪上观雨有吟 古樵于云溪书院

书法：王征赴

庚子初夏羁身沪上观雨有吟

江北江南初入梅，申城飞雨佐新醅。
廊前野雀歌兼舞，竹下轻烟去复回。
客梦随风虽有意，诗情向晚苦无媒。
灯花棋子同零落，自酌乡心又一杯。

庚子春日感怀

今年不与旧年同，兀坐西窗怅晓风。
立栅带冰封巷陌，晴光和雪映帘栊。
倦身渐觉韶华逝，醉眼愁看春事空。
独有阶前庭草绿，遥知芳彩满新红。

芳彩：指芳彩植物园。

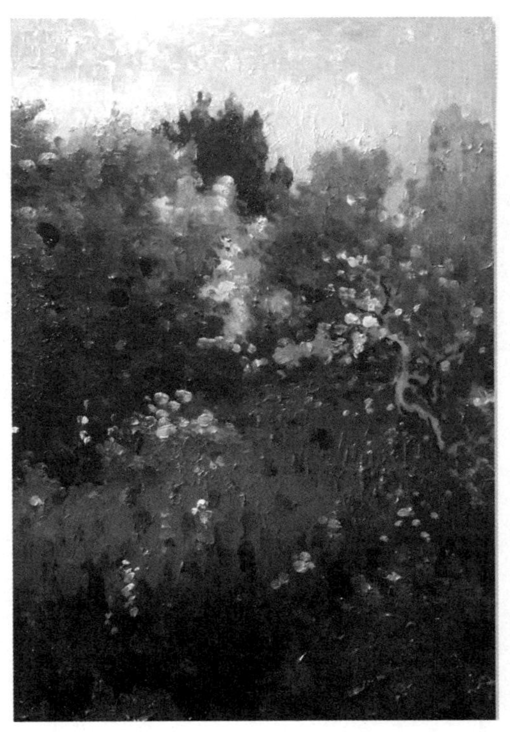

美术：周英

庚子春日

村市长清寂，嚣氛皆绝尘。
新词忧楚疫，寒宅寄闲身。
瘦影难超俗，孤怀别有真。
酒颠朋座满，已是去年春。

大暑

大暑轻阴生晓凉,西轩读史坐焚香。
六经注脚勤询问,诸子微言细思量。
回首乡园应自足,放怀诗酒更何伤。
玉颜金屋终尘土,牧笛声中归路长。

大暑輕陰生曉涼西軒讀史
坐焚香六經注腳勤尋問諸
子微言細思量回首鄉園應
自足放懷詩酒更何傷玉韻金
屋終塵土牧笛聲中歸路長

曉春詩大暑一首　尤浩書

书法：尤浩

庚子重阳有寄

金风玉露又重阳，篱菊含秋瓣瓣香。
红叶经霜颜愈烈，白蒲向晚影先凉。
浮云一片方过眼，碧海千年几变桑。
怀古登高半弯月，素心和酒入诗囊。

定风波·秋日闲行

天际流云送雁声，蔬畦瓜径作闲行。忽见黄童飞竹马，共耍，乡情野趣惬浮生。

日薄西山犹未醒，尽兴，俗身难得一忘情。蒲柳芰荷凝玉露，回步，一轮明月喜相迎。

晚秋

日暮村烟起，秋深菊径荒。
空林归宿鸟，旅雁下残阳。
霜重庭柯寂，露浓梧月苍。
新书如烛照，问字读炎凉。

秋日过柿林

老干自横秋，繁枝丹实稠。
柿花霜未结，腮颊唾先流。
七绝[①]藏灵异，千年通物幽。
志行欺竹菊，从不负封侯[②]。

注：① 七绝：《酉阳杂俎》：俗谓柿树有七绝：一寿、二多阴、三无鸟窠、四无虫、五霜叶可玩、六嘉实、七落叶肥大。

② 明太祖朱元璋曾封柿树为“凌霜侯”。

书法：尤浩书

咏牛

夏种春耕冬复秋，劳身何得片时休。
开犁引出晴光暖，负轭牵来翠色稠。
丰岁不须搜粟尉，论功当拜富民侯。
素心皦皦在云汉，坐看晨曦下玉钩。

腊月廿三日上坟

题记：慈父新丧，腊月廿三日小年上祖父坟，闻老母悲恸失声，实心痛难禁，遂含泪泣书，以解思亲之苦。

清醪三酹野烟熏，怀愿冥钞香火焚。
深虑先君泉路冷，叩求祖考顾看勤。
可怜老母独愁苦，何得天伦同戚欣。
涕泪双流无计处，回身再拜意殷殷。

祭岁

青灯白纸满啼痕，时近新春祭岁元。
清醇浮香朝烈考，黄花拔节慰慈萱。
有心行咏梅犹浅，含泪载歌霜正繁。
一缕炉烟无尽思，随风袅袅到南轩。

手玩知足

细物耐寻思，今来慰我痴。
羡君依劲节，饮露向高枝。
饱识风霜烈，闲看日月驰。
人心若知足，天意一如斯。

逆旅

红尘纷扰苦烦多，总把凡躯细琢磨。
梦断湖山莫惆怅，神惊孤旅任婆娑。
云间雁影书心曲，岭上梅花慰鬓皤。
素志弥坚九天外，平生自信不蹉跎。

清明

野色迷双眼，春行草径斜。
嘉禾抽碧穗，寒菜结黄花。
淅沥听鸠语，清明若风琶。
风鸢牵孝思，一线系天涯。

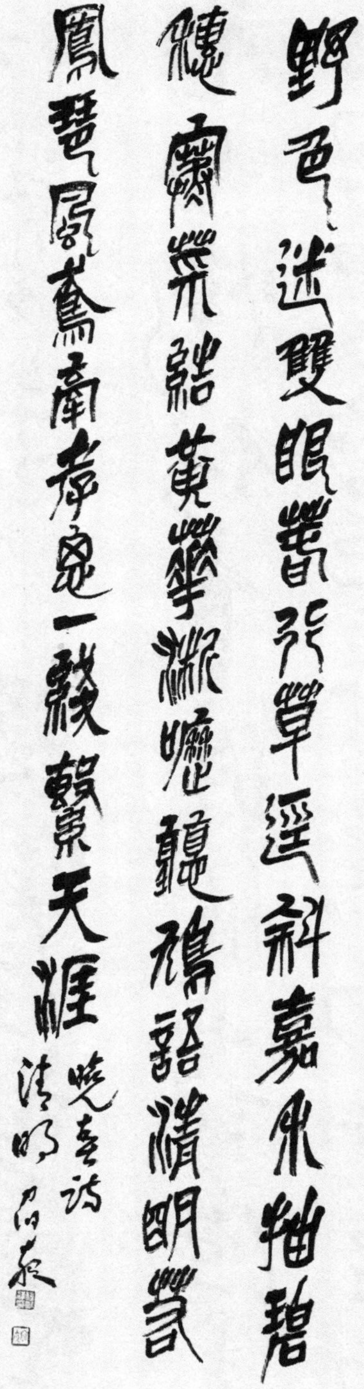

书法：程永祥

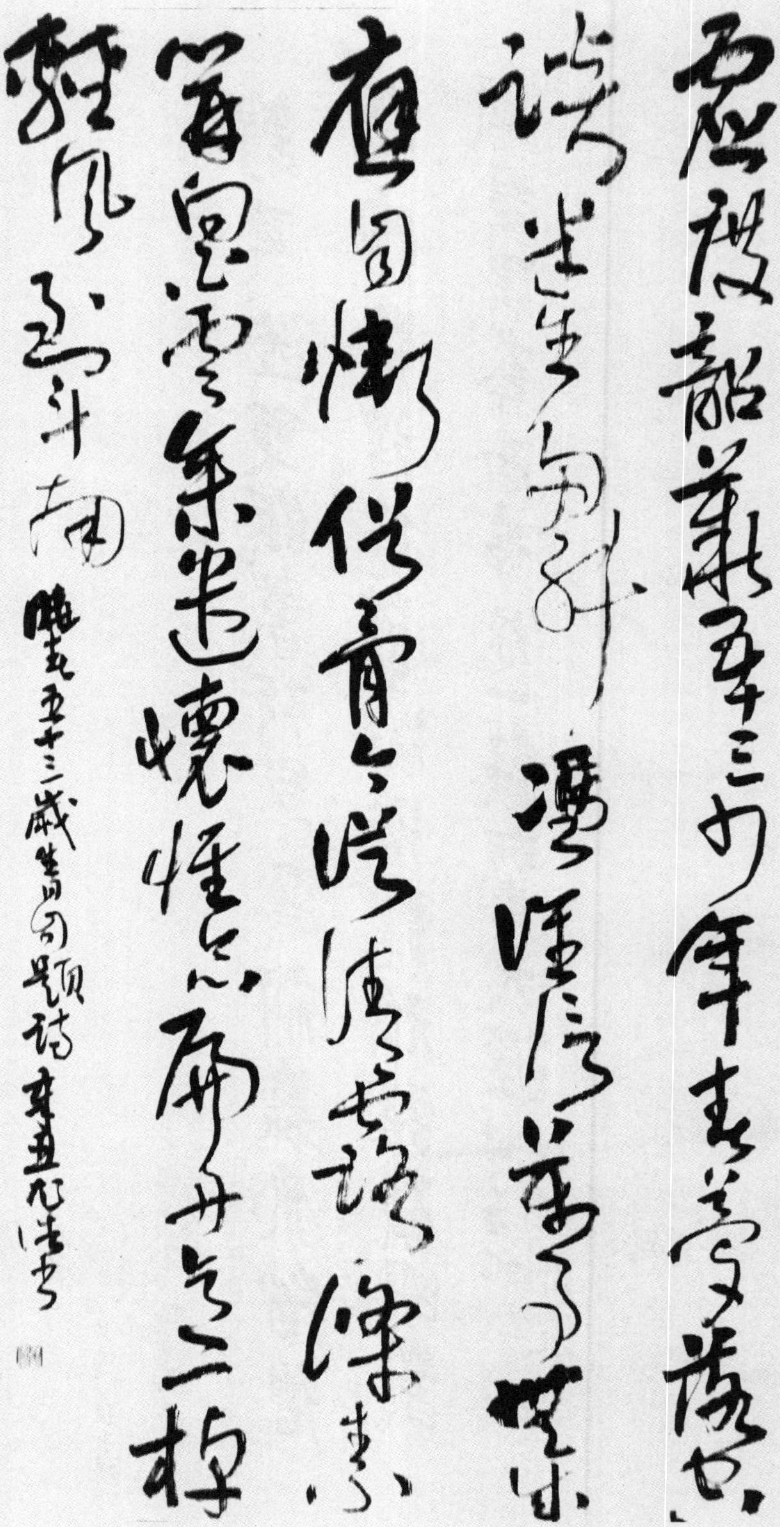

书法：王征赴

五十三周岁生日自题

虚度韶华五十三，少年春梦落空谈。
半生多舛凭谁信，万事无成应自惭。
俗骨今从清露涤，素心再向白云参。
遣怀唯念扁舟意，一棹轻风到斗南。

咏宋曹

雄词健笔曳华晖，堪叹素心与世违。
傲骨应惭彭泽柳，平生偏爱首阳薇。
书言不改文光灿，诗解犹存墨色菲。
把酒临风怀圣哲，一轮明月照君归。

梅雨

轻丝织烟缕，雪案六经陈。
雨色添诗料，书香绕俗身。
应怜苍鬓客，本是素心人。
把酒问檐响，君能醉一巡？

和国平兄

今日恰是外祖父阴生日，舅舅舅妈等人要来母亲处一起祭奠，晨起见国平兄祭父诗作，顿起思亲之情，一时有感，吟而和之。

——辛丑七夕之晨

先人已去隔阴阳，别恨离情度日常。
掩泣怀恩斟福酒，牵愁追远入泉乡。
只因旧业多成就，不慕虚名自显扬。
百虑相煎慈母泪，寸心可摘合家康。
梦思清怨无由寄，黄鹤西来怯路长。

自题，兼和亚平兄

闲身难得老来痴，习武修文应未迟。
幽绪如刀琢新句，青锋似雪弄雄姿。
开窗吟月花移影，坐槛望云酒满池。
尘梦机心流水去，半生风雨一囊诗。

摄影：练秀文

升平乐

历史，在奋斗中铭刻；未来，在奋斗中开拓。回首过往的奋斗路，眺望前方的奋进路，我们信心百倍，豪情满怀……

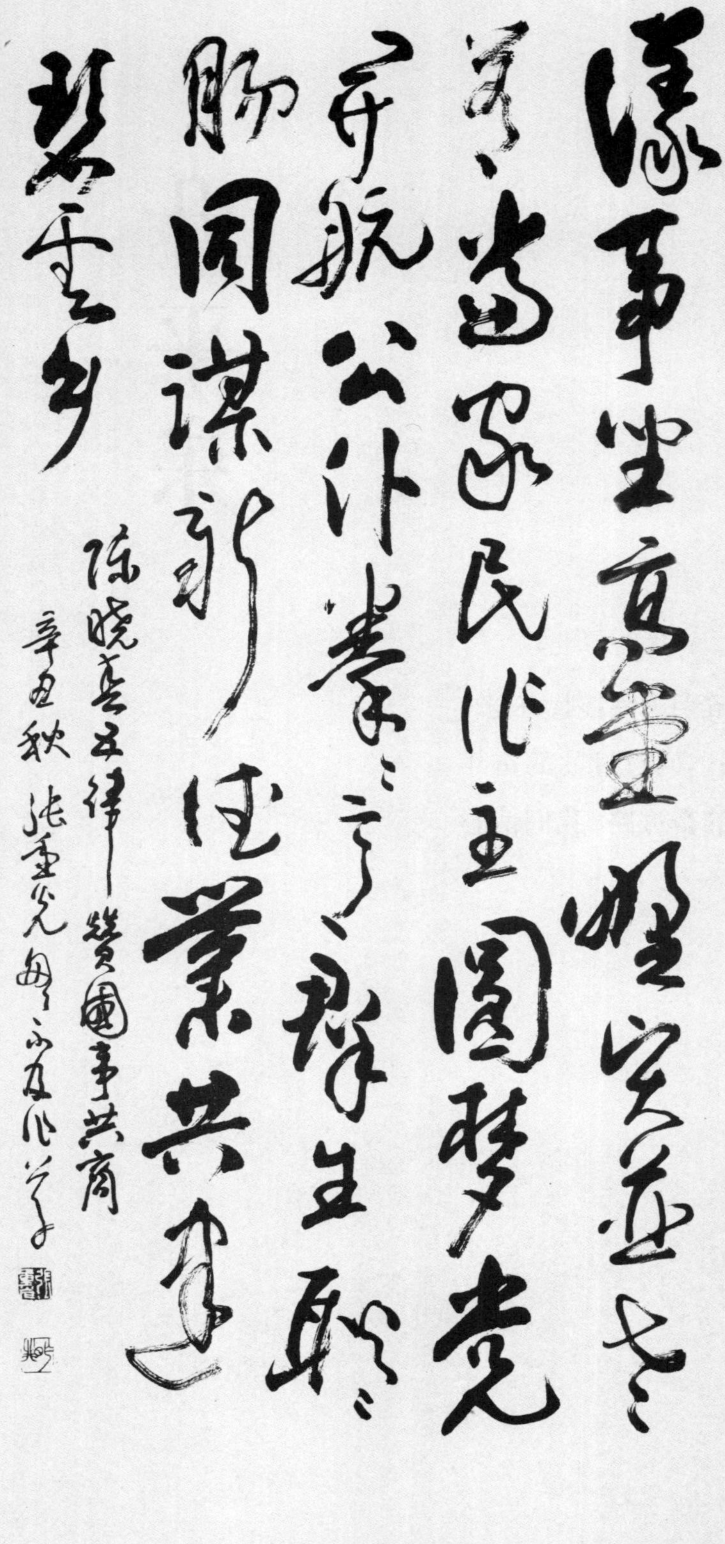

书法：张重光

赞国事共商

议事坐高堂，野贤并老苍。
当家民做主，圆梦党开航。
公仆拳拳意，群生耿耿肠。
同谋新德业，共建碧云乡。

华清引·中国梦重圆

遥思九十六年前，四海狼烟。众英贤结新党，南湖入史篇。

厉兵秣马再扬鞭，鼎铭红色江山。九州今复兴，中国梦重圆。

赞民主议政

国事兼家事，从宜细榷扬。
座谈邀父老，走访遍村乡。
共谱亲民曲，同登议政堂。
询谋复兴策，圆梦展新章。

赞幸福家园网络工程

幸福家园不世功，仁心善化九州同。
良谋广泽乡村界，惠政初临网络中。
巩固脱贫滋玉露，助推兴业架长虹。
众筹救恤施关爱，节义躬行续古风。

醉凭栏 升平乐

书法：尤浩

赞排忧解难连心桥

丹心筑彩桥，百恼化烟消。
民事徐徐说，人情细细聊。
清谈抒意气，妙语吐琼瑶。
似听桃源曲，迎风和玉箫。

赞幸福家园村社互助工程

网络遍吹慈善风，孤雏衰老沐春融。
清寒学子文心秀，贫病村夫生气雄。
幸福家园多惠德，优游岁月绝伤忡。
神州百众同圆梦，仁爱之花向日红。

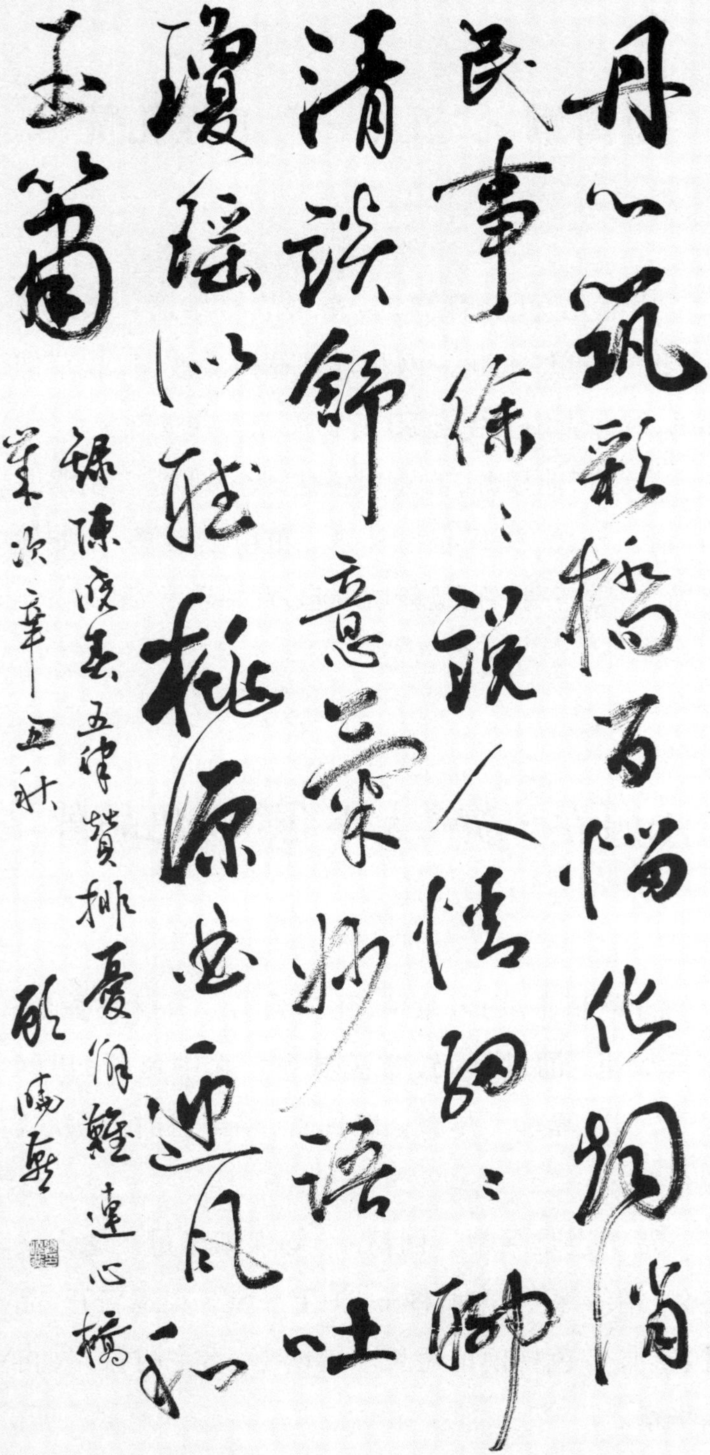

书法：顾晓燕

望海潮·“五个一”工程礼赞

盐都儿女，胸怀高远，奋书战略雄篇。天路若虹，些时万里，九州一网相连。林树漾波澜，碧草铺锦绣，绿水青山。生态家园，物灵花鸟共贪欢。

自强产业根源，看东风悦达，坚固如磐。南水北归，清流浩荡，士民乐享甘泉。重组创昌繁，功能优布局，品质高端。智慧新城崛起，百姓乐常安。

沁园春·赞“大丰仓”特色品牌

青草菲菲，白云朵朵，雨露含芳。有酥梨香米，名垂故里；油桃鲜奶，誉满城乡。水中鱼肥，田间麦秀，似此嘉珍无尽藏。略回首，恰丰收时节，秋实盈仓。

蜚声岂是寻常。创精品，筹谋细考量。念人文悠久，情缘深厚，丰城种玉，沪上登堂。渠道新开，品牌新创，特色规模论短长。同携手，看乡村振兴，再谱华章。

迎百年华诞，颂“三牛”精神

一

南湖烟雨百春秋，金色锤镰耀九州。
报国岂无填海志，奋身甘作拓荒牛。
峥嵘岁月一谈笑，锦绣江山共唱酬。
圆梦征途长漫漫，复兴伟业振清讴。

二

鼓角铮鸣动九州，复兴圆梦再从头。
但令故土贯红日，敢许微躯搏急流。
报国勤民真赤子，殚精竭虑老黄牛。
征途漫漫多同志，碧血丹心是我俦。

三

清风浩气满神州，抗疫脱贫匡国谋。
自古中华多志士，而今故土遍才猷。
江山巩固英雄谱，时代征程孺子牛。
民族复兴圆梦日，小康路上再回眸。

满江红·纪念皖南事变

祸起萧墙，风云变、山河痛泣。鲲鹏志、雄姿初展，断垂天翼。碧血丹心魂未远，八千忠骨森然立。向苍天、诉万古奇冤，煎何急？

风云劲，阴雷疾。腥血烈，黄泉碧。看山河破碎，敢吝残息？气势冲天惊北斗，旌旗招展辉霄极。报家国、纵铁马金戈，驱顽敌。

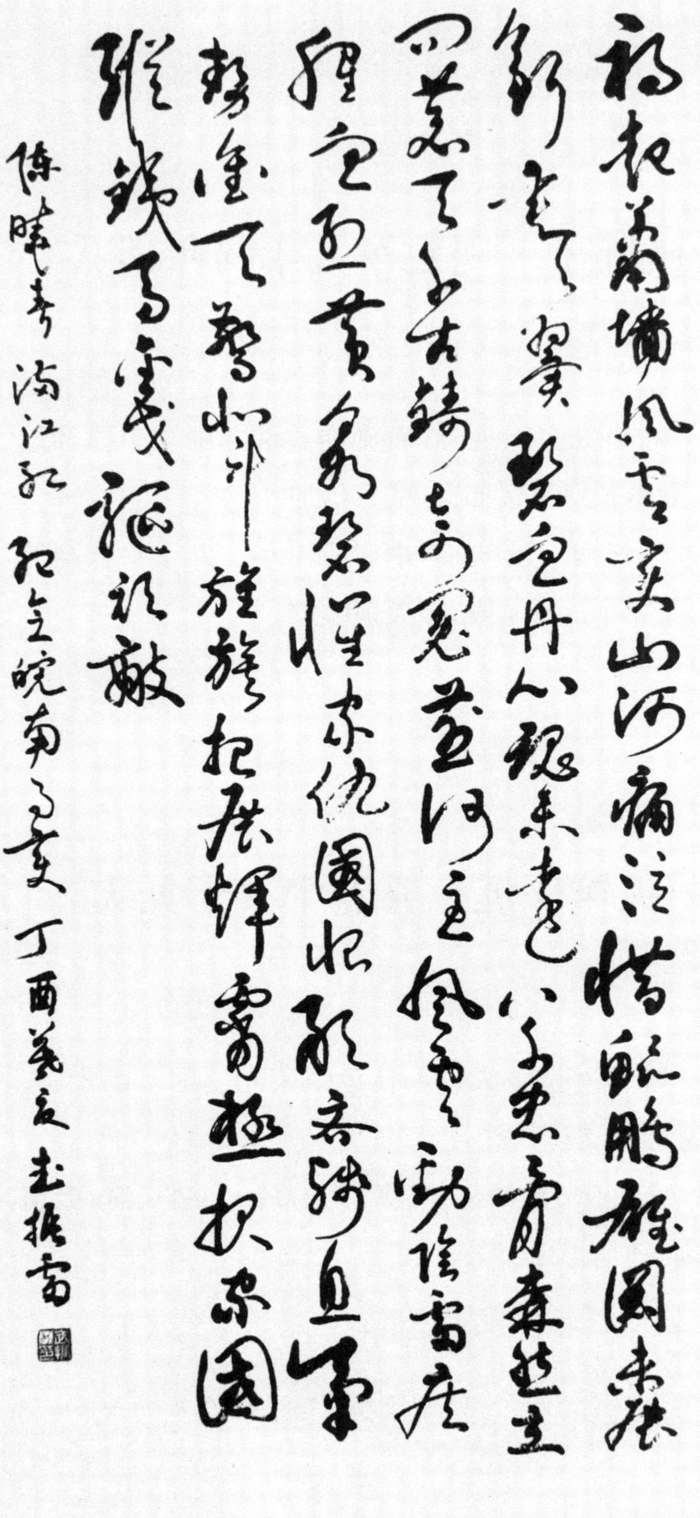

书法：武振雷

破阵子·观建军九十周年阅兵

赤地雄狮怒吼,红旗漫卷黄沙。驰马中原轻试剑,鹰击长空驱佞邪,神威百倍加。

遥忆南昌枪响,风烟时犯中华。九十春秋麾节赫,凛凛军戎浸紫霞,豪英镇海涯。

孤馆深沉·喜迎中共十九大

神州万里坠天香。秋色炫荣光。国计绘宏图,喜看赤都,旗帜飘扬。

十九大,激情飞梦,复兴志高昂。踏长浪,鼓帆征远,圣功青史流芳。

好事近·颂中共十九大

秋碧送祥风，吹动红旗欢舞。天壤遍生霞瑞，巨龙腾江浦。

举旗定向谋全局，跃马新征路。探索中华复兴，伟业羞盘古。

太平年·贺党的十九大胜利召开

神州秋碧山含翠。菊节香欲坠。朱宫金阙炫华炜。彩旗歌鼎沸。

世纪之年风云会。复兴蓝图绘。圆梦庆甘醴。四海同醉。

国庆七十周年感赋

万里神州同喜庆，欢声笑语尽成歌。
江南烟雨钟灵秀，塞北关山颂郁峨。
八极清光临玉阙，九天紫气聚铜驼。
复兴路长殊悬坷，圆梦今朝慷慨多。

观国庆七十周年盛典

新朝盛典寄清吟，赞咏欢歌满素襟。
万众乐游神烨烨，三军雄列气森森。
云开鸿运归华表，人仰威仪摄碧岑。
复兴宏图何处看，且听天语最强音。

国庆群众游行

（一）

国庆和风化九韶，欢声灏气彻云霄。
红旗涌出紫宸阙，彩辇移来金水桥。
瑰丽繁花香艳艳，轻灵绮绣舞飘飘。
丰功伟业同心咏，如画江山着意描。

（二）

新朝新政布新风，岁乐民安得大同。
七秩流年铭事业，千秋盛典表勋功。
欢歌妙舞乾坤醉，丽影晴光华夏融。
玉阙琼楼参紫极，旗开云路满天红。

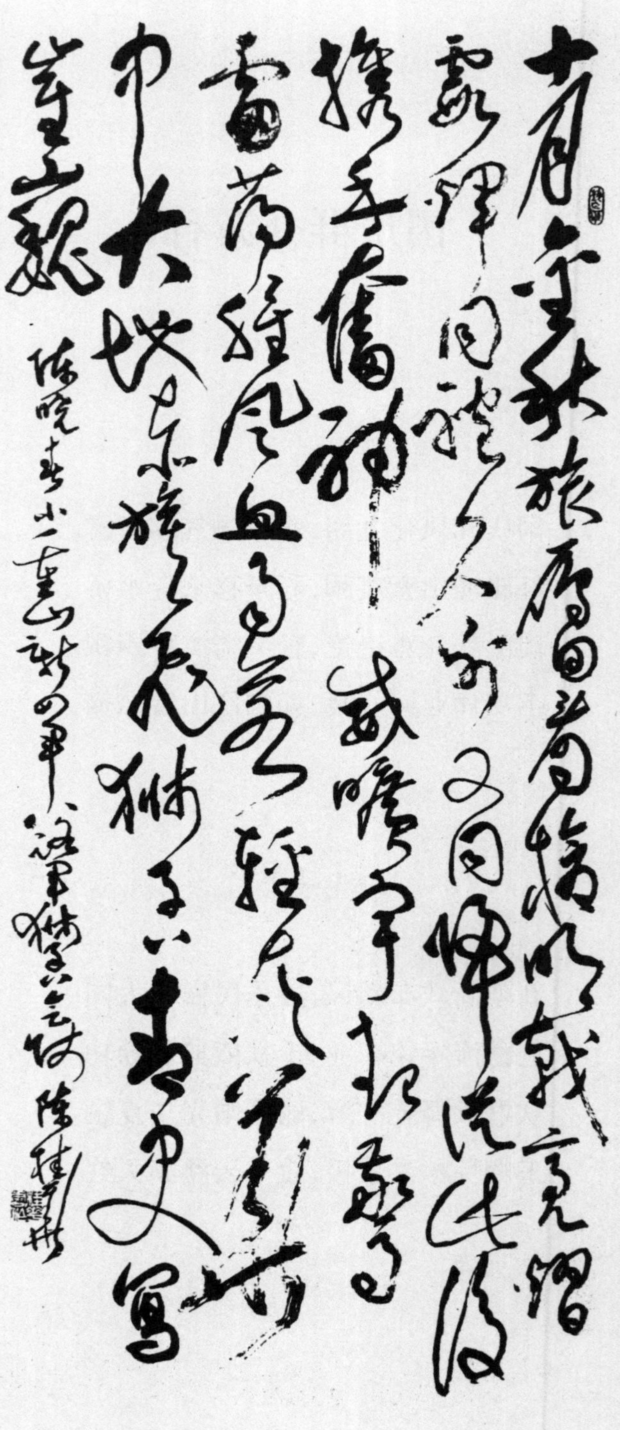

书法：陈桂华

小重山·新四军八路军狮子口会师

十月金秋旅雁回，看枪明戟亮、熠霞辉，同袍久别又同归，从此后、携手奋神威。

旷宇起惊雷，荡腥风血雨、若轻灰，华中大地赤旗飞，狮子口、青史写崔巍。

江城子·庚子春抗病毒

金猪玉鼠祝承平。露华清。晓天明。忽起阴雷，冠状毒邪侵。漂沫飞流传疫疠，应寒胆，也心惊。

江城病况动青冥。驱危情。仗贤英。天使白衣，逆旅勇前行。翘盼骄阳临海岳，关河净，九州晴。

赞慈善文化园

鹿乡惠政屡开先，兴化清风百世贤。
广播仁声明夙志，频传善德续遗篇。
苍生有庆云霞引，大爱无疆日月悬。
宣教新功辉史册，慈航普度入长天。

佳丰赞歌(组诗)

佳丰赞

佳丰美誉出淮乡,雅咏清吟歌兴长。
二十年光谋发展,万千壮志铸辉煌。
龙头企业高标著,绿色粮油真味香。
大道雄途方漫漫,勤诚引路启征航。

一站式服务

门前垂柳舞朝阳,日暖风和露带香。
廊拥四乡寻味客,庭行现代卖油郎。
菜农笑脸开颜色,恒喜清容浴曙光。
优质品牌传梓里,一流服务美名扬。

艰苦创业精神

遗迹旧颜经岁月，红砖灰瓦显沧桑。
隔年往事风和雨，回首征程雪共霜。
创业艰难多激励，奋身慷慨更昂扬。
忠言警句常时策，传统精神万古芳。

花园式厂区

佳丰产业琢琳琅，恒喜园区细点妆。
绿草纤纤开曲径，白波濯濯绕花墙。
参天楼宇青云霭，流润烟痕翠柏苍。
秋气初红霜树叶，金风可意送新凉。

企业文化

恒喜清油十里香，聚才创品巧思量。
英贤会集何良策？善政铺陈是妙方。
图籍怡情千百部，步车健体二三行。
以人为本新观点，企业精神入典常。

自动包装中心

纷繁物器巧分行，轻重平衡自度量。
浩荡参差如列阵，连环曲折似流觞。
开机相送芝兰味，转眼候迎金玉装。
同业领先谋发展，功殊当代卖油郎。

社会责任勇担当

不忘初心臻善美，勇扛责任有担当。
春耕播撒千行籽，秋采丰收万亩黄。
助困捐赀怜老弱，扶贫送暖入村乡。
大田种植农机化，致富鸿篇又一章。

荣誉墙

恒喜风标名显彰，佳丰盛誉五洲扬。
奖牌曜曜生霞彩，旌表昭昭映日光。
幸福健康青帜立，舒心善美赤旗张。
今朝再展垂天翼，昂首九霄追凤翔。

纪念八路军新四军胜利会师

延安宝塔熠光辉，经略江淮大作为。
铁骑分流嗟独御，红旗漫展庆同寅。
华中抗战开新局，苏北陈戎兴义师。
并马联诗扬伟烈，斜阳满地照丰碑。

书法：尤浩

“九一八”闻警钟而作

国耻难忘鸣警钟，连音急响逼苍穹。
斑斑血泪凄心目，寂寂河山祭鬼雄。
忠骨长埋关塞外，英魂久别汉江东。
岂无战士安金鼎，灏气清辉贯白虹。

高阳台·七灶河伏击战

雪刃冲寒，霜锋破晓，烽烟骤起淮乡。义勇新军，劲锐堪比飞黄。七灶河畔枪声急，日伪军，胆战心慌。乱纷纷，天网难逃，命断魂伤。

三回伏击芦花荡，看运筹帷幄，决胜河冈。克敌机先，雄师剑指东洋。保家守土驱顽寇，奋几多，热血忠肠。永流芳，赤胆红心，大好儿郎。

国庆中秋“双节”同贺

中秋国庆喜相逢，笑语欢声入酒盅。
杯底一轮新满月，天边数点远征鸿。
合家修禊祈康健，九鼎昭明贺阜丰。
不泯初心应有愿，大街小巷展旗红。

建党一百周年感怀

南湖烟雨聚同俦，星火燎原耀九州。
奋臂擎天酬国难，挺身赴死解民忧。
如椽彩笔蓝图绘，似锦雄才匡世谋。
勋业丰功彰所志，丹心碧血写春秋。

庚子国庆中秋“双节”有吟

芳林霜野弄晴晖，橙橘飘香河蟹肥。
秋节相欢黄菊艳，神州共喜赤旗飞。
纵情廛市看繁侈，乘兴故园探翠微。
南雁一行天际去，青襟华发带云归。

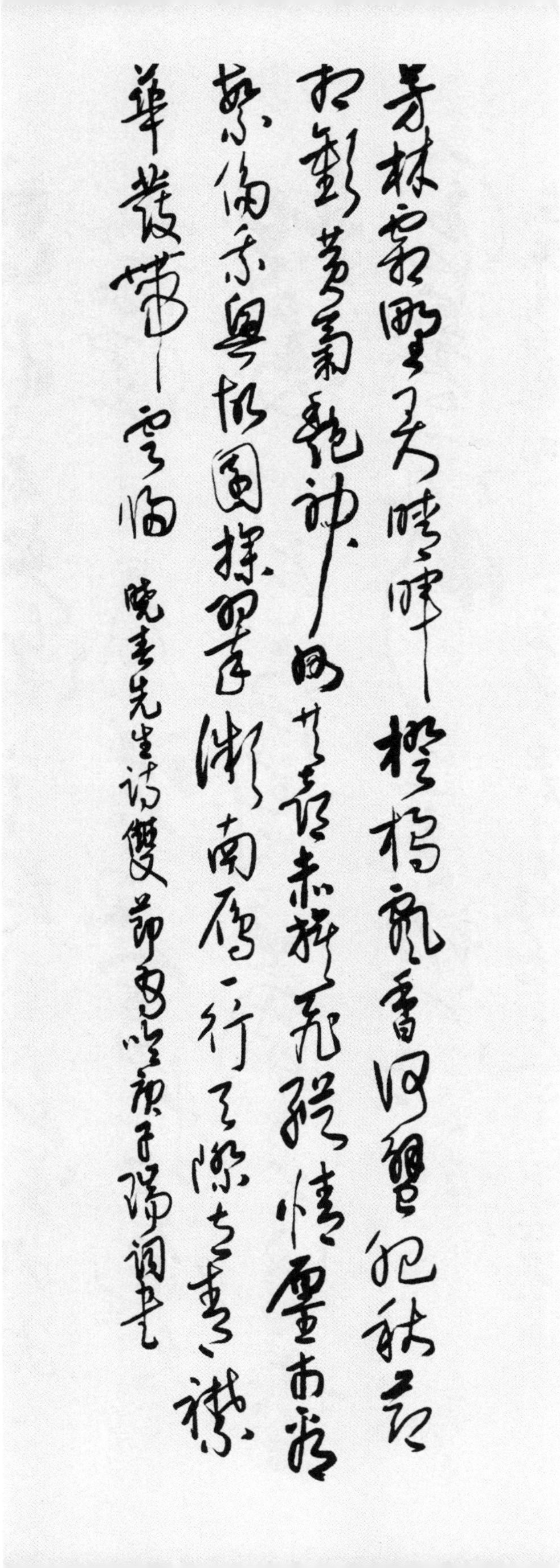

书法：尤浩

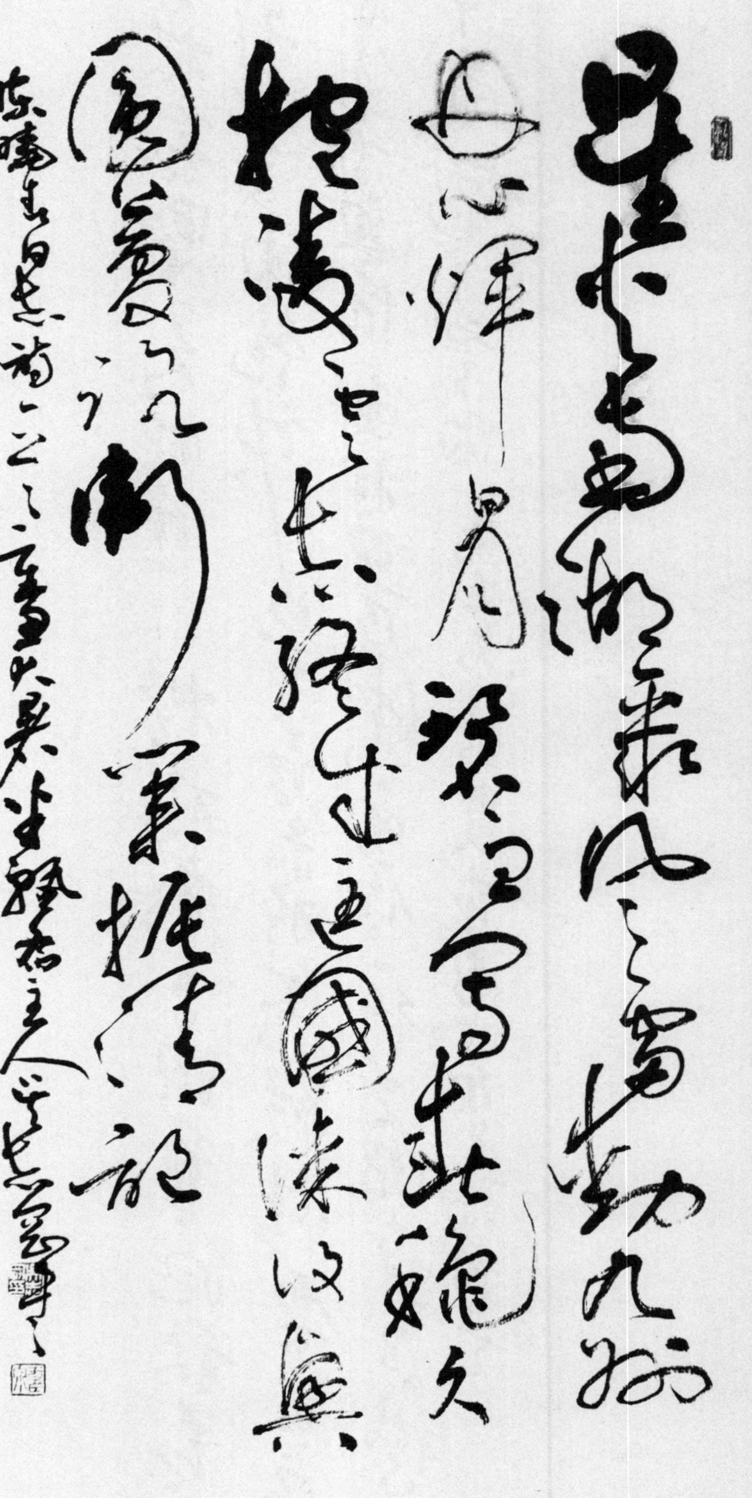

书法：吴志刚

庆党百年华诞

星火南湖聚，风雷动九州。
丹心辉日月，碧血写春秋。
久抱凌云志，终成匡国谋。
复兴圆梦路，伟业振清讴。

乡村新貌

河边榆柳绿成行，碧水青荷浴露香。
村墅新莺歌婉转，花庭野蝶舞癫狂。
一天春色凝烟翠，万顷金波耀日光。
善政指明康福路，国安物阜是吾乡。

乡村新貌广丰行

（一）

桃月春和景气融，梨花白过杏花红。
连天秀麦流晴色，夹路垂杨戏晓风。
村老殷殷谦酒薄，乡谈侃侃说年丰。
新诗拾得两三句，未及擎收落野丛。

（二）

农舍田庄次递行，春风拂面客身轻。
野花无语常孤艳，黄鸟避人时一鸣。
东圃甘棠红似火，前村新穗翠如倾。
诗心点点连阡陌，草径香泥堪寄情。

（三）

行春访胜趁轻凉，李白桃红瓣瓣香。
东野青苗撩客眼，西河碧水浣诗肠。
喜看新宅横清影，笑倚晨风试淡妆。
千酿流霞邀我饮，机心俗虑两相忘。

（四）

三月芳菲映晓霞，翩翩紫燕绕人家。
菜园滴翠添春色，心海扬波感物华。
浩荡东风驱瘴雾，清明盛治遍云涯。
红旗指引康庄路，惠政催开幸福花。

城东新貌(组诗)

图书馆

高宇雄沉迎晓日,寒松翠竹绕明堂。
清风袅袅诗书味,琼馆深深翰墨香。
百读《六经》思若渴,重亲诸子志如霜。
韦编汗简充云栋,涓滴归心化食粮。

东郊公园

碧水扬波天乍晴,平湖春满秀云生。
紫菱绿柳和鱼戏,玉管清弦伴鸟鸣。
带露荷花红漾日,临风修竹翠含英。
今人圆梦柴桑里,乐醉东郊最忘情。

东方1号创意园

十年辛苦铸辉煌,壹号东园蕴秘藏。
创意无边铺锦绣,思潮不尽写琳琅。
描龙彩笔新沾墨,泛海兰舟再起航。
科技先行成伟业,未来经济续华章。

文化会展中心

风琴有韵玉雕栏，柳影湖光秀可餐。
妙语华章适文会，高歌曼舞寄清欢。
冲天雅乐邀星斗，载酒芳樽引凤鸾。
快意闲情何所向，心怀恋恋奏琅玕。

丰华大厦

新区平地起高楼，善政勤民妙运筹。
绿色广场添美景，红标窗口解烦忧。
百般事务行流水，万种难题销案头。
铺就千条康福路，清华扑面惠风柔。

花都美食城

青砖黛瓦江南韵，赫赫花都美食城。
粉蝶常随茅酒醉，翠禽惯看火云生。
精烹细灼名师手，慢酌浅斟嘉客情。
乱目霓虹喧夜景，清风明月度箫声。

满庭芳

寿许百年久，福许万年长，清词为祝，黄海涛涌作和章……

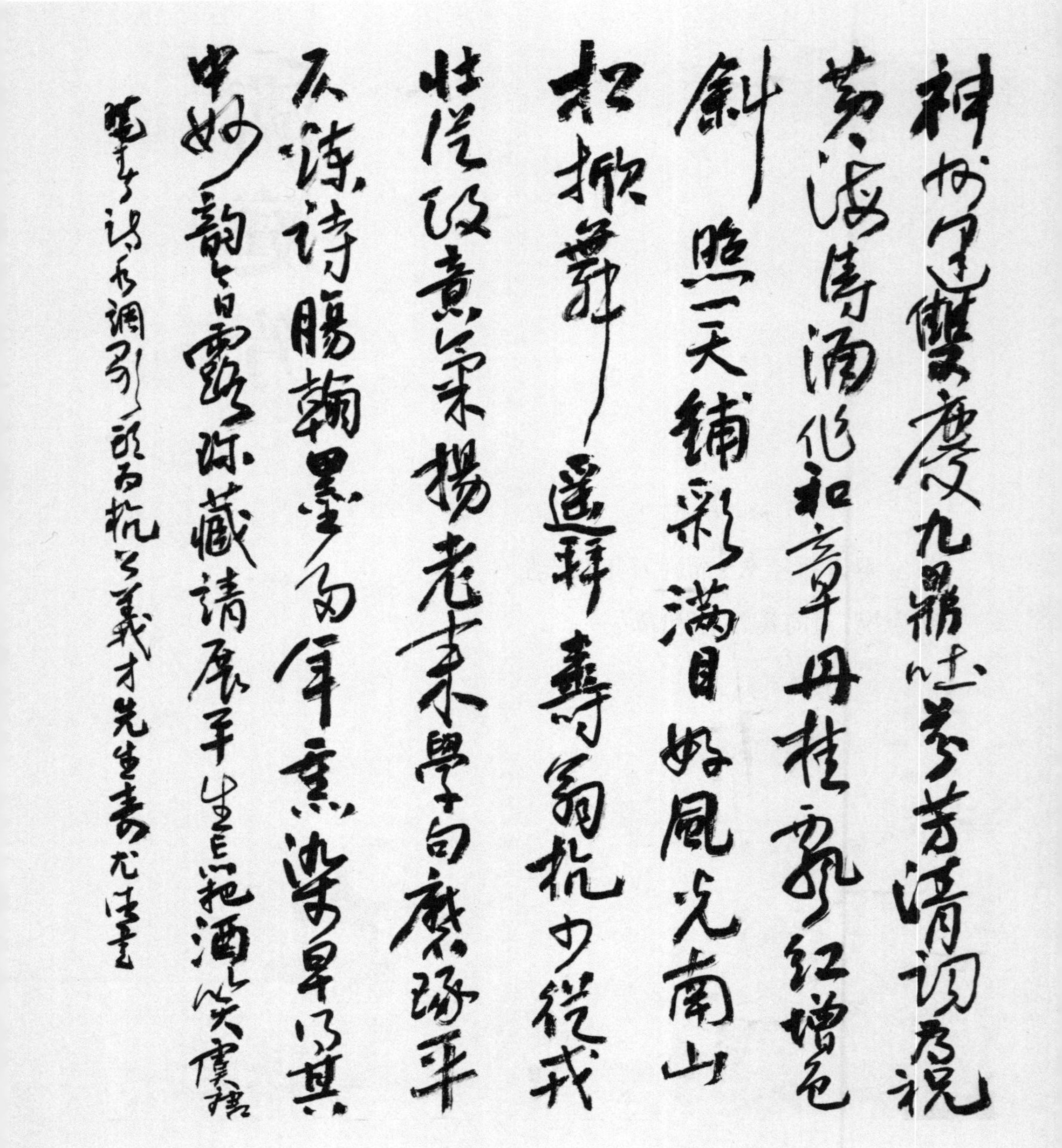

书法：尤浩

水调歌头·为杭公义才先生寿

神州逢双庆，九鼎吐芬芳。清词为祝，黄海涛涌作和章。丹桂飘红增色，斜照一天铺彩，满目好风光。南山松掀舞，遥拜寿翁杭。

少从戎，壮从政，意气扬。老来学句，磨琢平仄炼诗肠。翰墨多年熏染，早得其中妙韵，今日露珍藏。请展平生志，把酒笑虞唐。

水调歌头·和董峰老师《丁酉生日》,依韵以贺

寿许百年久,福许万年长。青梅新熟,天降甘雨庆韶光。点点连珠垂落,小院蔷薇初醒,暗送满庭芳。良辰共佳景,丁酉竟成双。

览金经,阅雅籍,品茶香。平生所愿,芝草兰桂傍书房。闲弄管箫丝竹,更有檀香做伴,翰墨著华章。岁比南山色,功业看虞唐。

贺朱连忠老师古稀寿

化雨[1]灵台七十秋，峥嵘岁月付江流。
玄珠玉镜[2]穷千变，桃李春风[3]布九州。
鹤发童心仁智乐[4]，鸾飘凤泊[5]水云稠。
寸毫挥洒烟霞气[6]，不羡龙门万户侯。

注：

① 化雨：长养万物的时雨。比喻循循善诱，潜移默化的教育。灵台：学宫。唐韩愈《县斋有怀》诗："尘埃紫陌春，风雨灵臺夜。"化雨灵台，指教书育人的学校。

② 玄珠：比喻贤才或宝贵的事物。玉镜：比喻清明之道。玄珠玉镜，指老师的高尚品德与才学。

③ 桃李春风：桃李指老师的学生。桃李春风用来比喻学生受到良师的谆谆教诲。

④ 仁智乐：《论语·雍也》："知者乐水，仁者乐山。"后以"仁智乐"指遨游山水的乐趣。

⑤ 鸾飘凤泊：比喻书画作品笔势之妙。水云稠：指水墨浓厚。

⑥ 烟霞气：书画作品中山水清润的气息。

贺牛一先生古稀寿

（一）

芬芬菊醑频为寿，丹桂参差向玉堂。
久慕鸿才弥蜀道，遥知雅学贯淮乡。
清谈得趣烦愁少，老笔生辉日月长。
湖海泛舟君未艾，闲情一缕付耕桑。

（二）

秋月登瀛玉露浓，清霜初染木芙蓉。
常闻胜友怀玄穆，偶得新词表敬恭。
雪碗承欢浮紫气，霞杯献寿醉黄封。
他年更访南山老，梅倚鹤随千尺松。

字留好友待清风
（轱辘体，兼颂袁红女史五十岁生日寿）

（一）

字留好友待清风，锦绣年华共与同。
纯朴天真君应是，兰台飞梦驾轻鸿。

（二）

朗咏酣歌动宇穹，字留好友待清风。
月光善解佳人意，素影蟾辉带笑同。

（三）

金杯玉盏响玲珑，月魄霜华入桂丛。
欢舞狂歌乘醉兴，字留好友待清风。

贺根平贤弟归女之喜

一

琴瑟欢谐入翠微，噰喈青鸟乐于飞。
冬从燕语声中去，人在梅花香里归。
拂拂清风摇画烛，纤纤素手卷罗帏。
春潮带暖临华府，喜意喧阗曜日晖。

二

琴瑟和谐玉韵锵，鸾鸣凤舞眷娇杨。
东风有信今朝暖，琼蕊无尘竟日香。
带露芝兰摇秀影，傍池梅柳映新妆。
弦歌雅颂遥相祝，喜满乾坤福满堂。

琴瑟和諧玉韻鏘鸞鳴鳳
舞眷嬌揚東風有信今朝
暖瓊燕無塵竟日香帶露
芝蘭搖秀影傍池梅杏映
新妝弦歌雅頌遥相祝喜
滿乾坤福滿堂

曉東先生詩 壬寅二月於雲溪書畫院 珩道人

书法：東珩

贺烁之先生八十寿辰

素里名诗客，鹿乡称俊贤。
胸怀沧海月，口诵白云篇。
饱学登风雅，鸿文释重玄。
南山今续寿，松鹤不知年。

庆仓公烁之八秩华诞

椿松共舞庆良宵，万户同春贺杖朝。
千盏华灯明月映，一樽寿酒暖香飘。
琼音雅乐拂花柳，妙句清言伴鼓箫。
名动鹿乡词翰客，童颜鹤发灿青韶。

贺骆公干喜寿翁八秩华诞

九月桂香飘，秋高贺杖朝。
玉堂生瑞彩，珠阁积明昭。
鹤舞芳情动，鸾翔松影摇。
南山添万寿，把酒话蓝桥。

贺福涛宗亲六秩华诞

福寿问乔松，涛澜千万重。
宗门幸贤杰，亲谊思雍容。
喜日天开眼，乐时云荡胸。
绵绵龟鹤赋，长啸向南峰。

寿星明·
贺阮林昌陈友英贤伉俪寿辰

玉堂生辉，琼树流彩，庭开锦筵。看祥光铺洒，银河耿耿，朱弦清越，丹凤翩翩。歌颂升平，曲安康乐，祝愿声声满殿前。抬头望，有麻姑献寿，松鹤延年。

瑶池并蒂双莲。数十载，人间结爱缘。又同参仙籍，共吟黄卷，昼亲瑶草，夜憩桃源。蝶梦犹酣，岁华正好，一任光阴如逝川。逍遥处，正霜姿轻健，雪态丰妍。

金菊对芙蓉·季平二娇女双十芳辰有寄

翠幄飘摇，霓裳璀璨，彩灯明月争辉。正良辰美景，绣锦琪瑰。琴音虹影欣华诞，双凤仪、绰约芳菲。繁花开处，天姿灵秀，清格澄漪。

二亲喜泪纷飞。昔光阴廿载，夙夜依依。许千般诚愿，万种心期。抒怀何惜流霞饮，祝福情、溢满琼杯。岁华不老，朱颜不改，清思含晖。

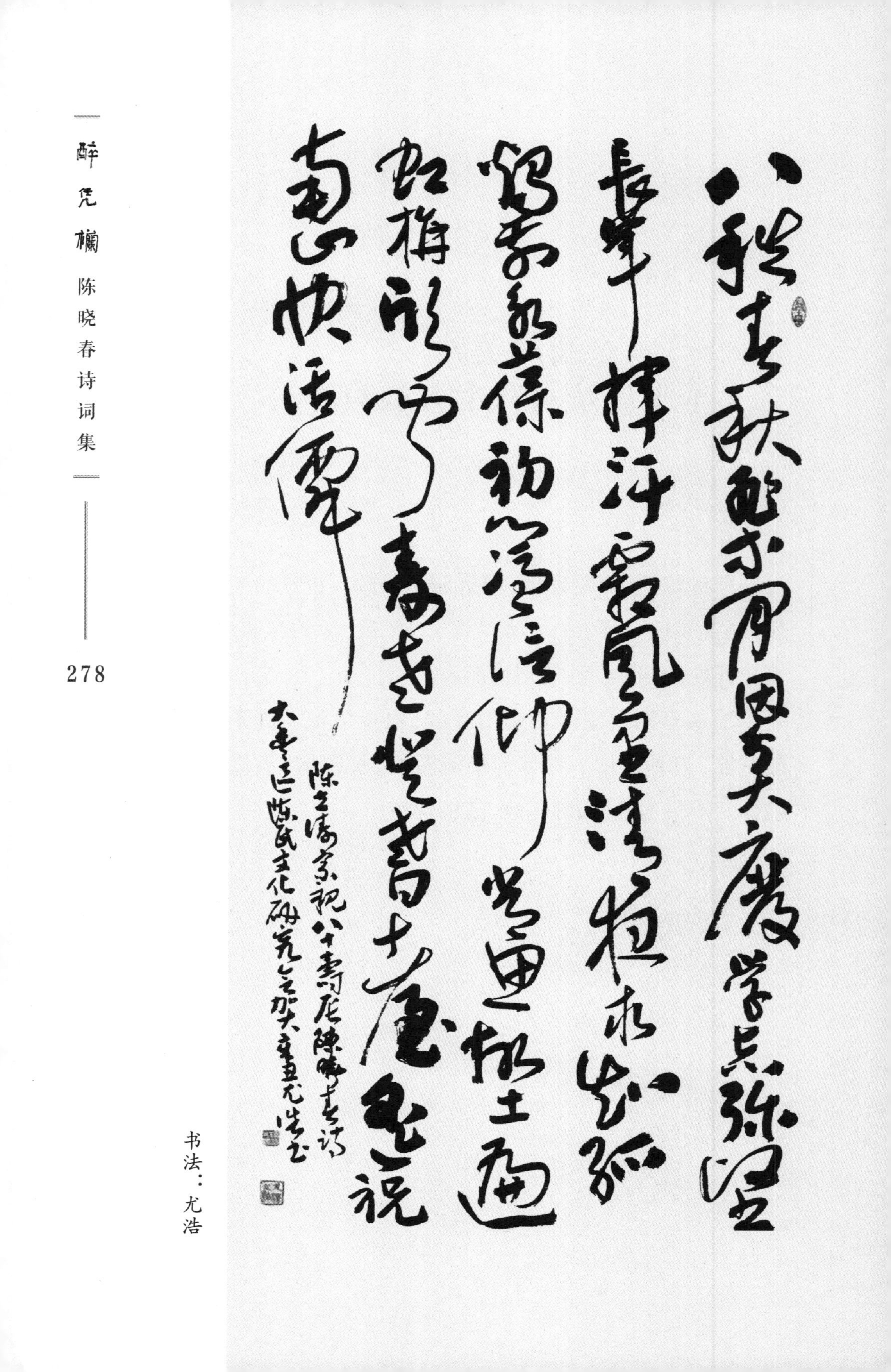

书法：尤浩

贺董公福珍寿翁九十华诞

金芝玉树耀明堂，端拱南山奉寿觞。
古柏迎冬清入骨，寒松向晓翠流芳。
故知送喜飞黄鹤，贤嗣腾欢着紫裳。
载酒行歌相颂祝，安平逸老乐无疆。

贺陈立涛宗亲八十寿辰

八秩春秋非等闲，因贫废学志弥坚。
长年挥汗霜风里，清夜求知孤烛前。
永葆初心凭信仰，常思故土遍虹旃。
欣闻寿老登耄耋，遥祝南山快活仙。

贺陈昌宗亲八十寿
（兼和寿翁“八秩抒怀二首”）

（一）

秋景欣荣更胜春，淮乡月照满怀珍。
世情宦业逐年远，浮俗生涯入梦频。
学海交游凌绝境，雅轩著述乐吟身。
云光霞气今谁赋，八秩芳华耀日轮。

（二）

春秋八秩感漂沦，鹤骨松身慰苦辛。
小饮何妨诗作友，闲居幸与月为邻。
欢情绕砌风光丽，喜气盈门物色新。
老骥壮心存绝远，吟魂澹荡皎冰轮。

书法：王瞳琐

贺王公增泰先生九十寿

良辰跻耄耋，翁甫喜盈盈。
矍铄容光满，逍遥神气清。
元身持本色，贤胤续家声。
天假千年寿，南山接玉衡。

外孙女百日(新韵)

娇儿百日满堂春,贺喜祈福倾耳闻。
慈母迎宾开口笑,稚童邀宠举家亲。
幽幽芝草弥兰麝,冶冶黄花孕馥芬。
望女成才及可待,群芳谱里又一君。

外孙抓周

国庆中秋桂子稠,童孙佳节喜抓周。
地铺绣毯陈珍宝,墙挂红旗映彩球。
信手将来青玉佩,随心收得紫金瓯。
百年潇洒清华路,只识欢娱不识愁。

后记

五十五年前的一个黄昏，在黄海之滨的斗龙港湾，一个新的生命在一农家小屋呱呱坠生，从此，一颗多情善感的种子在广袤的盐碱滩涂悄悄萌芽，一颗不甘寂寞的心如黄海涛涌，随着斗龙河水向着大海不息奔腾。

初识文字，便被父亲书橱中一摞摞传统文学巨著所深深吸引，那种竖式排版的线装书，繁体印刷，阅读起来异常困难，但被书中的故事情节所吸引，就抱着书本一个字一个字的啃。父亲看出了我对文学的热爱，便从微薄的工资中挤出钱来，买来了便于我阅读学习的《山海经》《菜根谭》《唐诗宋词》《二十四史》等书籍，随着阅读量的不断增加，接触的书籍越来越多，面越来越广，中国古典文学的魅力，唐诗宋词优美的韵律，使得一颗少年的心几度沉沦，一个文学的梦想也在心中慢慢滋生，随着年龄的增长，日久弥深。

中学毕业，无缘大学的校门，匆匆步入了社会。无论是在机关、在企业，还是自谋职业，无论是苏北平原、中原大地、还是水韵江南，虽为忙碌的工作所扰，被烦琐的生活所累，但一颗诗意的心，一直在坚强地跳动，那心底的文学的火种，也从来没有熄灭。

2014年的一个意外，在病床上一躺便是半年，百无聊赖之间，无意中打开了一个文学网站，古典的中国风扑面而来，一个个文字组成平平仄仄的优美韵律，在眼前跳跃，在耳边回响，那个久违的文学梦想好像一下子触手可及。迫不及待地拿起笔来，写下了自己第一首原创作品《眼儿媚・病中有感》：慵懒孱躯倚床栏，窗外蜡梅寒。琼枝卧雪，黄花新蕊，已见冬残！　晨风轻漾嬉玄鸟，愉悦亦心闲。抬头远望，迷离深处，遥见青山。

今天，这一本诗词集《醉凭栏》终于和大家见面了，尽管显得那么步履蹒跚，尽管文字还那么生涩，尽管练字遣词、章法结构上还有那么多不成熟，但是，集子中每一首诗、每一阙词，都是以对生活的无限热爱之情，记录的人世间一切美好，既是文学圆梦之路上跨出的第一步，也以此纪念已故的父亲，算是完成当年对父亲许下的承诺。

集子的《序》是请肖诚先生所写，肖诚，原名陈晓明，字曼曦，号无尘、肖诚、风流文博生、江左听雨楼主等，先生是诗词界的前辈，著作等身。在《序》中先生从旧体诗词的韵律之美和诗词创作的基本要求入笔，对作品做了中肯的点评，其中不乏褒奖之词，既是肯定，更是鼓励，当以此为新的起点，不骄不躁，潜心学问，争取更大的进步。再次对肖诚先生表示诚挚的谢意！这本集子的出版，还得到了诗词界诸多前辈的指点，得到美术、书法、摄影各界文艺家的大力支持，诸多美术、书法、摄影作品在书中均已署名，在此一并表示衷心的感谢！

岁月不老，诗词为伴。

五十五年春复秋，半生惬意属清游。
湖山朗润共樽酒，草木芳华满客舟。
行乐临风梅对影，衔杯倚案笛消愁。
是非得失无牵挂，人自劳劳我自悠。

朋友们，让我们在中国古典诗词中相遇，让我们在平平仄仄的优美韵律中畅游，适性忘机云物外，何愁无处下丝钩？

2022年7月20日于大丰